Daniel Defoe

Robinson Crusoé

Traduction de Pétrus Borel
abrégée par Marie Pérouse-Battello

Classiques
Texte abrégé

l'école des loisirs
11, rue de Sèvres, Paris 6e

Note de l'éditeur: c'est Pétrus Borel qui a introduit la division en chapitres dans un texte qui n'en contenait pas et se présentait d'un bloc. Nous l'avons conservée pour la commodité de la lecture.

Les mots suivis d'un astérisque à leur première occurrence dans chaque chapitre sont définis dans le glossaire (p. 251).

ISBN: 978-2-211-30159-6

Loi n° 49.956 du 16 juillet 1949 sur les publications destinées à la jeunesse: juin 2019
Dépôt légal: novembre 2020
Imprimé en France par CPI Firmin Didot à Mesnil-sur-l'Estrée (160922)

PRÉFACE

« Tu pleurais de songer aux brisants sous la lune ; aux sifflements de rives plus lointaines. »

Dans les beaux vers que Saint-John Perse consacre à Robinson Crusoé, il imagine l'aventurier de retour en Europe après ses années solitaires. Il en fait un héros déchu, un nostalgique, un « dépouillé » pleurant son île déserte, ce paradis sauvage étrange et accueillant, cet ailleurs radical qu'il avait pourtant fait sien.

La figure de Robinson, qui est évoquée avec tant de sympathie dans les *Images à Crusoé* du poète, constitue, à vrai dire, une création littéraire fort complexe, dont la réception critique est loin d'être univoque. Bien longtemps, éditeurs et autres prescripteurs de littérature pour la jeunesse ont partagé la conviction de Jean-Jacques Rousseau, pour qui le seul livre indispensable, voire utile à l'éducation des garçons était *Robinson Crusoé*, que l'auteur de l'*Émile* tenait pour le plus heureux traité d'éducation naturelle qui fût.

Les grandes robinsonnades du XIXe siècle, du *Robinson suisse* de Johann David Wyss (1812) à *L'Île mystérieuse* de Jules Verne (1875), s'inscrivent dans la lignée rousseauiste, attribuant aux naufragés des talents tout positifs de domestication patiente de la nature et à l'île déserte la valeur éminemment didactique de décor idéal pour leçon de choses grandeur nature.

Ce XIXe siècle laborieux et confiant dans le progrès des arts mécaniques ne trouvait guère à redire dans le personnage imaginé par Daniel Defoe ; il s'accommodait très bien des aspects du roman qui semblent aujourd'hui moins compatibles avec l'idée que l'on se fait généralement d'un modèle romanesque destiné aux adolescents. Il en fut bientôt autrement, ce qui se comprend sans peine.

Faut-il rappeler, par exemple, qu'au moment de son naufrage, Robinson est en route pour la Guinée et rêve de s'enrichir grâce au commerce des esclaves ? Faut-il répéter, après maints commentateurs, que Robinson, qui acclimate l'île des Caraïbes à la civilisation anglaise bien plus qu'il ne se laisse acclimater par l'île, est une parfaite incarnation du colonisateur européen, jusque dans la relation qu'il entretient avec son serviteur Vendredi ?

Le héros de Defoe, ce négociant matérialiste qui, coupé de toute société humaine, ne peut s'empêcher de s'emplir les poches des pièces de monnaie qu'il découvre sur le navire échoué, ce paranoïaque obsédé par les armes à feu qui se barricade au cœur d'une forteresse où il entasse poudre et fusils vit son statut de symbole fortement ébranlé au XXe siècle.

En France, Michel Tournier bouleversa radicalement le système de valeurs porté jusque-là par l'histoire de Robinson. Depuis *Vendredi ou les Limbes du Pacifique* et, surtout (tant cette seconde version est devenue un classique), depuis *Vendredi ou la Vie sauvage*, c'est Vendredi, l'homme de la nature, de la liberté, de la joie, qui est devenu le vrai héros de l'histoire, alors que Robinson, le civilisé, a été déshabillé de toutes les vertus, jugées fausses ou démodées, dont l'avaient paré les générations précédentes.

C'est le propre des mythes littéraires. Essentiellement protéiformes, ils s'adaptent aux valeurs des sociétés qui s'en emparent et se renouvellent sans cesse. Du reste, si Daniel Defoe revenait du paradis des auteurs pour découvrir l'extraordinaire postérité de son œuvre, il serait sans doute fort étonné de constater que ce qui constituait à ses yeux le principal intérêt du livre n'intéresse plus grand monde. Car, pour son auteur, puritain militant, *Robinson Crusoé* était avant tout un récit de conversion, dont le héros, pécheur invétéré soudain touché par la grâce divine, n'a de cesse qu'il ne se rachète par la lecture de la Bible, la prière et l'évangélisation. Cette dimension fortement religieuse du roman a été allègrement occultée par nombre d'éditeurs. Elle est pourtant essentielle.

Serait-ce à dire que *Robinson Crusoé* vaut davantage pour son statut de matrice, de texte fondateur d'un mythe, que pour ses mérites propres ? Loin s'en faut.

Si le personnage de Defoe a acquis son universalité, c'est, bien sûr, parce qu'il contient tous les possibles qui ont été actualisés par les continuateurs de l'écrivain anglais.

C'est, en outre, une figure moralement très riche : tour à tour résolu et déchiré par le doute, actif et méditatif, assuré de sa supériorité de civilisé et prêt à relativiser l'anthropophagie des Caraïbes en lui comparant la barbarie des premiers colons en Amérique, plein de condescendance à l'égard de Vendredi mais aussi d'amitié sincère et d'admiration, il ne saurait être relégué au rang d'antihéros.

Enfin, puisqu'une idéologie chasse l'autre, les rêveries (ou faudrait-il parler de cauchemars ?) survivalistes qui habitent notre imaginaire très contemporain pourraient bien réhabiliter l'homme d'action recueillant des débris pour s'en faire une demeure et un enclos.

Et puis, si Robinson devait, pour son malheur, échouer à nous plaire, reste l'autre grande figure du roman. Non pas Vendredi : si solaire et séduisant soit-il, c'est un compagnon de la dernière heure qui n'occupe pas dans le roman de Defoe la place centrale que la postérité lui a conférée ; mais l'île elle-même, paradis luxuriant, contrasté, peuplé d'animaux inoffensifs et de plantes comestibles. Cette île déserte, d'abord nommée l'« île du Désespoir », devient peu à peu un objet d'amour, et l'autoportrait plaisant du narrateur en « Prince et Seigneur » entouré de sa cour d'animaux domestiques est particulièrement parlante.

La force de Robinson réside, certes, dans son combat sans relâche pour faire advenir la civilisation au sein de la sauvagerie. Que cette quête semble aujourd'hui noble ou vaine, ou même haïssable, elle structure évidemment le roman. Mais ce que conquiert aussi Robinson, de haute lutte, c'est la sérénité dans la solitude, la paix de soi avec soi. Et l'île est la figure de cette solitude qui ne se révèle ni aride ni hostile, mais au contraire bienveillante, féconde et riche. Rousseau, grand solitaire, l'avait sans doute bien saisi. Et Saint-John Perse la dit aussi, cette solitude fertile et majestueuse :

« Crusoé ! – ce soir près de ton Île, le ciel qui se rapproche louangera la mer, et le silence multipliera l'exclamation des astres solitaires.

« Tire les rideaux, n'allume point :

« C'est le soir sur ton Île et à l'entour, ici et là, partout où s'arrondit le vase sans défaut de la mer… »

MARIE PÉROUSE-BATTELLO

« Sur mon dos, je portais une corbeille,
sur mon épaule un mousquet, et, sur ma tête,
mon grand vilain parasol de peau de bouc... » *(page 158)*

ROBINSON

En 1632, je naquis à York, d'une bonne famille, mais qui n'était point de ce pays. Mon père, originaire de Brême, établi premièrement à Hull, après avoir acquis de l'aisance et s'être retiré du commerce, était venu résider à York, où il s'était allié, par ma mère, à la famille Robinson, une des meilleures de la province. C'est à cette alliance que je devais mon double nom de Robinson-Kreutznaer; mais, aujourd'hui, on nous nomme, nous nous nommons et signons Crusoé. C'est ainsi que mes compagnons m'ont toujours appelé.

J'avais deux frères: l'aîné, lieutenant-colonel en Flandre d'un régiment d'infanterie anglaise, fut tué à la bataille de Dunkerque contre les Espagnols; que devint l'autre? J'ignore quelle fut sa destinée; mon père et ma mère ne connurent pas mieux la mienne.

Troisième fils de la famille, et n'ayant appris aucun métier, ma tête commença de bonne heure à se remplir de pensées vagabondes. Mon père, qui était un bon vieillard, m'avait donné toute la somme de savoir qu'en général on peut acquérir par l'éducation domestique et dans une école gratuite. Il voulait me faire avocat; mais mon seul désir était d'aller sur mer, et cette inclination m'entraînait si résolument contre sa volonté et ses ordres, qu'il semblait qu'il y eût une fatalité dans cette propension naturelle vers un avenir de misère.

Un jour, me trouvant à Hull, où j'étais allé par hasard et sans aucun dessein prémédité, un de mes compagnons prêt à se rendre par mer à Londres, sur un vaisseau de son père, me pressa de partir, avec l'amorce ordinaire des marins, c'est-à-dire qu'il ne m'en coûterait rien pour ma traversée. Je ne consultai plus mes parents ; je ne leur envoyai aucun message ; mais, leur laissant à l'apprendre comme ils pourraient, sans aucune considération des circonstances et des conséquences, le 1er septembre 1651, j'allai à bord du vaisseau chargé pour Londres. Jamais infortunes de jeune aventurier, je pense, ne commencèrent plus tôt et ne durèrent plus longtemps que les miennes.

Comme le vaisseau sortait à peine de l'Humber, le vent s'éleva et les vagues s'enflèrent effroyablement. Je n'étais jamais allé sur mer auparavant ; je fus, d'une façon indicible, malade de corps et épouvanté d'esprit. Je commençai alors à réfléchir sérieusement sur ce que j'avais fait et sur la justice divine qui frappait en moi un fils coupable. Et je résolus, comme l'Enfant prodigue repentant, de retourner à la maison paternelle.

LA TEMPÊTE

Ces sages et sérieuses pensées durèrent tant que dura la tempête, et même quelque temps après; mais le jour d'ensuite, le vent étant abattu et la mer plus calme, je commençai à m'y accoutumer un peu.

À l'approche de la nuit, le temps s'éclaircit, le vent s'apaisa tout à fait, la soirée fut délicieuse, et le soleil se coucha éclatant pour se lever de même le lendemain: une brise légère, un soleil embrasé resplendissant sur une mer unie, ce fut un beau spectacle, le plus beau que j'aie vu de ma vie.

J'oubliai entièrement les promesses et les vœux que j'avais faits en ma détresse. Mais il m'était réservé de subir encore une épreuve: la Providence, suivant sa loi ordinaire, avait résolu de me laisser entièrement sans excuse.

Le sixième jour de notre traversée, nous entrâmes dans la rade de Yarmouth. Le vent ayant été contraire et le temps calme, nous n'avions fait que peu de chemin depuis la tempête. Là, nous fûmes obligés de jeter l'ancre et, le vent continuant d'être contraire, c'est-à-dire de souffler sud-ouest, nous y demeurâmes sept ou huit jours.

Déjà une terrible tempête mugissait, et je commençais à voir la terreur sur le visage des matelots eux-mêmes. Jamais spectacle aussi terrible n'avait frappé mes yeux : l'océan s'élevait comme des montagnes et, à chaque instant, fondait contre nous ; quand je pouvais promener un regard aux alentours, je ne voyais que détresse.

Le second et le bosseman* supplièrent le capitaine de laisser couper le mât de misaine ; il y consentit. Quand le mât d'avant fut abattu, le grand mât, ébranlé, secouait si violemment le navire, qu'ils furent obligés de le couper aussi et de faire pont ras.

La tourmente était si terrible que je vis, chose rare, le capitaine, le contremaître et quelques autres plus judicieux que le reste, faire leurs prières, s'attendant à tout moment que le vaisseau coulerait à fond. Au milieu de la nuit, pour surcroît de détresse, un des hommes qu'on avait envoyés à la visite, cria qu'il s'était fait une ouverture, et un autre dit qu'il y avait quatre pieds d'eau dans la cale.

Il y avait toute apparence que le vaisseau coulerait bas. Un petit bâtiment qui venait justement de passer devant nous aventura une barque pour nous secourir. Ce fut avec le plus grand risque qu'elle approcha ; mais il était impossible que nous y allassions ou qu'elle parvînt jusqu'au flanc du vaisseau ; enfin, les rameurs faisant un dernier effort et hasardant leur vie pour sauver la nôtre, nos matelots leur lancèrent de l'avant une corde avec une bouée, et en filèrent une grande longueur. Après beaucoup de peines et de périls, ils la saisirent, nous les halâmes jusque sous notre poupe, et nous descendîmes dans leur barque.

Il n'y avait guère plus d'un quart d'heure que nous avions abandonné notre vaisseau quand nous le vîmes s'abîmer; alors je compris pour la première fois ce que signifiait *couler bas*.

Nos gens faisaient force de rames pour approcher du rivage. Quand notre bateau s'élevait au haut des vagues, nous l'apercevions et, le long de la rive, nous voyions une foule nombreuse accourir pour nous assister lorsque nous serions proches.

« Après une navigation d'environ douze jours, nous avions doublé la ligne et nous étions, suivant notre dernière estime, par les sept degrés vingt-deux minutes de latitude nord... » (page 39)

ROBINSON MARCHAND DE GUINÉE

Nous abordâmes et, non sans grande difficulté, nous descendîmes tous sains et saufs sur la plage, et allâmes à pied à Yarmouth, où, comme des infortunés, nous fûmes traités avec beaucoup d'humanité, et par les magistrats de la ville, qui nous assignèrent de bons gîtes, et par les marchands et les armateurs, qui nous donnèrent assez d'argent pour nous rendre à Londres ou pour retourner à Hull, suivant que nous le jugerions convenable.

C'est alors que je devais avoir le bon sens de revenir à Hull et de rentrer chez nous ; j'aurais été heureux, et mon père, emblème de la parabole de notre Sauveur, eût même tué le veau gras pour moi.

Mais mon mauvais destin m'entraînait avec une obstination irrésistible ; et, bien que souvent ma raison et mon bon jugement me criassent de revenir à la maison, je n'avais pas la force de le faire.

Ayant quelque argent dans ma poche, je m'en allai, par terre, à Londres, ne sachant quel parti prendre, ni quelle carrière embrasser, ni quel genre de vie mener.

J'eus la chance, dès mon arrivée, de tomber en assez bonne compagnie, ce qui n'arrive pas toujours aux jeunes fous libertins et abandonnés comme je l'étais alors, le démon ne tardant pas généralement à leur dresser quelques embûches ; mais, pour moi, il n'en fut pas ainsi. Ma première connaissance fut un capitaine de vaisseau qui, étant allé sur la côte de Guinée avec un très grand succès, avait résolu d'y retourner ; ayant pris goût à ma société, qui alors n'était pas du tout désagréable, et m'ayant entendu parler de mon projet de voir le monde, il me dit :

– Si vous voulez faire le voyage avec moi, vous n'aurez aucune dépense, vous serez mon commensal et mon compagnon ; et si vous vouliez emporter quelque chose avec vous, vous jouiriez de tous les avantages que le commerce offrirait, et peut-être y trouveriez-vous quelque profit.

J'acceptai l'offre et, me liant d'étroite amitié avec ce capitaine, qui était un homme franc et honnête, je fis ce voyage avec lui, risquant une petite somme que, par sa probité désintéressée, j'augmentai considérablement ; car je n'emportai environ que pour quarante livres sterling de verroteries et de babioles qu'il m'avait conseillé d'acheter.

Je rapportai cinq livres neuf onces de poudre d'or qui me valurent, à mon retour à Londres, à peu près trois cents livres sterling, et me remplirent de pensées ambitieuses qui, plus tard, consommèrent ma ruine.

Je voulais alors me faire marchand de Guinée, et, pour mon malheur, mon ami étant mort peu de temps après son arrivée, je résolus d'entreprendre encore ce voyage, et je m'embarquai sur le même navire avec celui qui, la première fois, en avait été le contremaître et qui, alors, en avait obtenu le commandement.

Jamais traversée ne fut plus déplorable. Notre vaisseau, cinglant vers les Canaries, ou plutôt entre ces îles et la côte d'Afrique, fut surpris, à l'aube du jour, par un corsaire turc de Salé*, qui nous donna la chasse avec toute la voile qu'il pouvait faire. Pour le parer, nous forçâmes aussi de voiles autant que nos vergues* en purent déployer et nos mâts en purent charrier; mais, voyant que le pirate gagnait sur nous, et qu'assurément, avant peu d'heures, il nous joindrait, nous nous préparâmes au combat. Notre navire avait douze canons et l'écumeur en avait dix-huit.

Environ à trois heures de l'après-midi, il entra dans nos eaux et nous attaqua. Il jeta soixante hommes sur notre pont, qui aussitôt coupèrent et hachèrent nos agrès. Nous les accablâmes de coups de demi-piques, de coups de mousquets et de grenades d'une si rude manière, que deux fois nous les chassâmes de notre pont. Enfin, pour abréger ce triste endroit de notre histoire, notre vaisseau étant désemparé*, trois de nos hommes tués et huit blessés, nous fûmes contraints de nous rendre, et nous fûmes tous conduits prisonniers à Salé, port appartenant aux Maures.

Là, je reçus des traitements moins affreux que je ne l'avais appréhendé d'abord. Ainsi que le reste de l'équipage, je ne fus point emmené dans le pays à la cour de l'empereur ; le capitaine du corsaire me garda pour sa part de prise ; et, comme j'étais jeune, agile et à sa convenance, il me fit son esclave.

ROBINSON CAPTIF

Mon nouveau patron ou maître m'avait pris avec lui dans sa maison ; lorsqu'il retournait en course, il me laissait à terre pour soigner son petit jardin et faire à la maison la besogne ordinaire des esclaves ; et quand il revenait de sa croisière, il m'ordonnait de coucher dans sa cabine pour surveiller le navire.

Là, je songeais sans cesse à mon évasion et au moyen que je pourrais employer pour l'effectuer, mais, pendant deux ans, quoique je me berçasse souvent de ce rêve, je n'entrevis néanmoins jamais la moindre chance favorable de le réaliser.

Au bout de ce temps, environ, il se présenta une circonstance singulière qui me remit en tête mon ancien projet de faire quelque tentative pour recouvrer ma liberté.

Mon patron ayant à sa disposition la chaloupe de notre navire anglais qu'il avait capturé, ordonna au charpentier de son bâtiment, qui était aussi un Anglais esclave, d'y construire dans le milieu une chambre de parade ou cabine semblable à celle d'un canot de plaisance, laissant assez de place derrière pour manier le gouvernail et border les écoutes, et assez de place devant pour qu'une personne ou deux pussent manœuvrer la voile.

Sur cette chaloupe, nous allions fréquemment à la pêche ; et comme j'étais très habile à lui attraper du poisson, il n'y allait jamais sans moi. Or, il advint qu'un jour il m'enjoignit, suivant l'usage, d'aller sur ce bateau avec un Maure et un jeune garçon pour pêcher quelques poissons, me recommandant de revenir à la maison aussitôt que j'aurais fait une bonne capture. Je me mis en devoir d'obéir.

Cette occasion réveilla en mon esprit mes premières idées de liberté ; car, alors, je me trouvais sur le point d'avoir un petit navire à mon commandement. Mon maître étant parti, je commençai à me munir, non d'ustensiles de pêche, mais de provisions de voyage, quoique je ne susse où je devais faire route pour sortir de ce lieu, tout chemin m'étant bon.

Fournis de toutes choses nécessaires, nous sortîmes du havre pour aller à la pêche. Après que nous eûmes pêché longtemps et rien pris ; car, lorsque j'avais un poisson à mon hameçon, pour qu'on ne pût le voir, je ne le tirais point dehors.

– Nous ne faisons rien, dis-je au Maure ; notre maître n'entend pas être servi comme ça ; il nous faut encore remonter plus au large.

Lui, n'y voyant pas malice, y consentit et, se trouvant à la proue, déploya les voiles. Comme je tenais la barre du gouvernail, je conduisis l'embarcation à une lieue au-delà ; alors je mis en panne comme si je voulais pêcher et, tandis que le jeune garçon tenait le timon, j'allai à la proue vers le Maure ; et, faisant comme si je me baissais pour ramasser quelque chose derrière lui, je le saisis par surprise en passant mon bras entre ses jambes, et je le lançai brusquement hors du bord dans la mer et lui dis :

– Je ne vous ai pas fait de mal et, si vous ne vous obstinez pas, je ne vous en ferai point. Vous nagez bien assez pour regagner la rive ; la mer est calme, hâtez-vous d'y aller, je ne vous frapperai point ; mais si vous vous approchez du bateau, je vous tire une balle dans la tête, car je suis résolu à recouvrer ma liberté.

Alors il revira et nagea vers le rivage. Je ne doute point qu'il ne l'ait atteint facilement, car c'était un excellent nageur. Quand il fut éloigné, je me tournai vers le jeune garçon, appelé Xury, et je lui dis :

– Xury, si tu veux m'être fidèle, je ferai de toi un homme ; mais si tu ne mets la main sur ta face que tu seras sincère avec moi – ce qui est jurer par Mahomet – il faut que je te jette aussi dans la mer.

Cet enfant me fit un sourire et me parla si innocemment que je n'aurais pu me défier de lui ; puis il fit le serment de m'être fidèle et de me suivre en tous lieux.

Aussitôt qu'il fit sombre, je gouvernai au sud-est, inclinant un peu ma course vers l'est, pour ne pas m'éloigner de la côte ; et, ayant un bon vent, une mer calme et unie, je fis tellement de la voile, que le lendemain, à trois heures de l'après-midi, quand je découvris la terre, je devais être au moins à cent cinquante milles au sud de Salé*, tout à fait au-delà des États de l'empereur de Maroc, et même de tout autre roi de par là, car nous ne vîmes personne.

PREMIÈRE AIGUADE*

Toutefois, la peur que j'avais des Maures était si grande, et les appréhensions que j'avais de tomber entre leurs mains étaient si terribles, que je ne voulus ni ralentir, ni aller à terre, ni laisser tomber l'ancre.

Le vent continuant à être favorable, je naviguai ainsi cinq jours durant; mais lorsqu'il eut tourné au sud, je conclus que si quelque vaisseau était en chasse après moi, il devait alors se retirer; aussi hasardai-je d'atterrir et mouillai-je l'ancre à l'embouchure d'une petite rivière, je ne sais laquelle, je ne sais où, ni quelle latitude, quelle contrée, ou quelle nation: je n'y vis pas, ni ne désirai point y voir aucun homme.

Un peu au-dessus de la crique où nous étions, nous trouvâmes l'eau douce; quand la marée était basse elle remontait fort peu avant. Ainsi nous emplîmes nos jarres et nous nous préparâmes à reprendre notre route sans avoir découvert un vestige* humain dans cette portion de la contrée.

Après cette halte, nous naviguâmes continuellement vers le sud pendant dix ou douze jours, usant avec parcimonie de nos provisions, qui commençaient à diminuer beaucoup, et ne descendant à terre que lorsque nous y étions obligés. Mon dessein était alors d'atteindre le fleuve de Gambie ou le fleuve de Sénégal, c'est-à-dire aux environs du Cap-Vert, où j'espérais rencontrer quelque bâtiment européen ; le cas contraire échéant, je ne savais plus quelle route tenir, à moins que je ne me misse à la recherche des îles ou que je n'allasse périr au milieu des Nègres.

ROBINSON ET XURY VAINQUEURS D'UN LION

Quand j'eus suivi cette résolution pendant environ dix jours de plus, je commençai à m'apercevoir que la côte était habitée et, en deux ou trois endroits que nous longions, nous vîmes des gens qui s'arrêtaient sur le rivage pour nous regarder; nous pouvions aussi distinguer qu'ils étaient entièrement noirs et tout à fait nus.

Ils me firent signe d'arrêter ma chaloupe, et qu'ils iraient me chercher quelque nourriture. Sur ce, j'abaissai le haut de ma voile; je m'arrêtai proche, et deux d'entre eux coururent dans le pays et, en moins d'une demi-heure, revinrent, apportant avec eux deux morceaux de viande sèche et du grain, productions de leur contrée.

Ni Xury ni moi ne savions ce que c'était; pourtant, nous étions fort désireux de le recevoir; mais comment y parvenir?

Ce fut là notre embarras. Je n'osais point aller à terre vers eux, qui n'étaient pas moins effrayés de nous.

Bref, ils prirent un détour excellent pour nous tous; ils déposèrent les provisions sur le rivage, et se retirèrent à une grande distance jusqu'à ce que nous les eûmes toutes embarquées, puis ils se rapprochèrent de nous.

N'ayant rien à leur donner en échange, nous leur faisions des signes de remerciement, quand tout à coup s'offrit une merveilleuse occasion de les obliger.

Tandis que nous étions arrêtés près de la côte, voici venir des montagnes deux énormes créatures se poursuivant avec fureur. Nous vîmes la foule horriblement épouvantée, surtout les femmes. Enfin, un de ces animaux commença à s'approcher de mon embarcation plus près que je ne m'y serais attendu d'abord; mais j'étais en garde contre lui, car j'avais chargé mon mousquet avec toute la promptitude possible, et j'avais ordonné à Xury de charger les autres. Dès qu'il fut à ma portée, je fis feu et je le frappai droit à la tête.

Son sang, qui teignait l'eau, me le fit découvrir; et, à l'aide d'une corde dont je l'entourai et que je donnai aux Nègres pour le haler, ils le traînèrent au rivage. Là, il se trouva que c'était un léopard des plus curieux, parfaitement moucheté et superbe. Les Nègres levaient leurs mains dans l'admiration de penser ce que pouvait être ce avec quoi je l'avais tué.

L'autre animal, effrayé par l'éclair et la détonation de mon mousquet, regagna la rive à la nage et s'enfuit directement vers les montagnes d'où il était venu, et je ne pus, à cette distance, reconnaître ce qu'il était. Je m'aperçus bientôt que les Nègres étaient disposés à manger la chair du léopard ; aussi voulus-je le leur faire accepter comme une faveur de ma part ; et quand, par mes signes, je leur eus fait savoir qu'ils pouvaient le prendre, ils en furent très reconnaissants.

Je leur montrai une de mes jarres en la tournant sens dessus dessous, pour faire voir qu'elle était vide et que j'avais besoin qu'elle fût remplie. Aussitôt ils appelèrent quelques-uns des leurs, et deux femmes vinrent, apportant un grand vase de terre qui, je le suppose, était cuite au soleil. Ainsi que précédemment, ils le déposèrent, pour moi, sur le rivage. J'y envoyai Xury avec mes jarres, et il les remplit toutes trois. Les femmes étaient aussi complètement nues que les hommes.

J'étais alors fourni d'eau, de racines et de grains tels quels ; je pris congé de mes bons Nègres et, sans m'approcher du rivage, je continuai ma course pendant onze jours environ, avant que je visse devant moi la terre s'avancer bien avant dans l'océan à la distance environ de quatre ou cinq lieues.

Comme la mer était très calme, je me mis au large pour gagner cette pointe. Enfin, la doublant à deux lieues de la côte, je vis distinctement des terres à l'opposite ; alors je conclus au fait – cela était indubitable – que, d'un côté, j'avais le Cap-Vert et, de l'autre, ces îles qui lui doivent leur nom. Toutefois, elles étaient fort éloignées, et je ne savais pas trop ce qu'il fallait que je fisse ; car si j'avais été surpris par un coup de vent, il m'eût été impossible d'atteindre ni l'un ni l'autre.

Dans cette perplexité, comme j'étais fort pensif, j'entrai dans la cabine et je m'assis, laissant à Xury la barre du gouvernail quand, subitement, ce jeune garçon s'écria :

– Maître ! maître ! un vaisseau avec une voile !

Alors, je portai le cap au large et je forçai de voile au plus près, résolu de lui parler s'il était possible.

Après avoir forcé à tout rompre, comme j'allais perdre espérance, il m'aperçut sans doute à l'aide de ses lunettes d'approche ; et, reconnaissant que c'était une embarcation européenne, qu'il supposa appartenir à quelque vaisseau naufragé, il diminua de voiles afin que je l'atteignisse. En trois heures environ, je le joignis.

On me demanda en portugais, puis en espagnol, puis en français, qui j'étais ; mais je ne comprenais aucune de ces langues. À la fin, un matelot écossais qui se trouvait à bord m'appela, et je lui répondis et lui dis que j'étais anglais, et que je venais de m'échapper de l'esclavage des Maures de Salé* ; alors on m'invita à venir à bord et on m'y reçut très obligeamment avec tous mes bagages.

J'étais dans une joie inexprimable, comme chacun peut le croire, d'être ainsi délivré d'une condition que je regardais comme tout à fait misérable et désespérée, et je m'empressai d'offrir au capitaine du vaisseau tout ce que je possédais pour prix de ma délivrance. Mais il me répondit généreusement qu'il n'accepterait rien de moi et que tout ce que j'avais me serait rendu intact à mon arrivée au Brésil.

Il fut aussi scrupuleux dans l'accomplissement de ses promesses qu'il avait été charitable dans ses propositions ; car il défendit aux matelots de toucher à rien de ce qui m'appartenait ; il prit alors le tout en sa garde et m'en donna ensuite un exact inventaire, pour que je pusse tout recouvrer ; tout, jusqu'à mes trois jarres de terre.

Quant à ma chaloupe, elle était fort bonne ; il le vit et me proposa de l'acheter pour l'usage de son navire. Il me proposa, en outre, soixante pièces de huit* pour mon garçon Xury. J'hésitai à les accepter ; non que je répugnasse à le laisser au capitaine, mais à vendre la liberté de ce pauvre enfant qui m'avait aidé si fidèlement à recouvrer la mienne.

Cependant, lorsque je lui eus fait savoir ma raison, il la reconnut juste et me proposa pour accommodement de donner au jeune garçon une obligation de le rendre libre au bout de dix ans s'il voulait se faire chrétien. Sur cela, Xury consentant à le suivre, je l'abandonnai au capitaine.

Nous eûmes une très heureuse navigation jusqu'au Brésil, et nous arrivâmes à la *Bahia de*

Todos os Santos, ou baie de Tous les Saints, environ vingt-deux jours après.

J'étais alors, pour la seconde fois, délivré de la plus misérable de toutes les conditions de la vie, et j'avais alors à considérer ce que prochainement je devais faire de moi.

PROPOSITIONS DES TROIS COLONS

La généreuse conduite du capitaine à mon égard ne saurait être trop louée. Il ne voulut rien recevoir pour mon passage ; il me donna vingt ducats pour la peau du léopard et quarante pour la peau du lion que j'avais dans ma chaloupe. Il me fit remettre tout ce qui m'appartenait en son vaisseau, et tout ce que j'étais disposé à vendre, il me l'acheta. En un mot, je tirai environ deux cent vingt pièces de huit* de toute ma cargaison et, avec ce capital, je mis pied à terre au Brésil.

Là, peu de temps après, le capitaine me recommanda dans la maison d'un très honnête homme, comme lui-même, qui avait ce qu'on appelle un *engenho*, c'est-à-dire une plantation et une sucrerie. Je vécus quelque temps chez lui et pris connaissance de la manière de planter et de faire le sucre. Voyant la bonne vie que menaient les planteurs et combien ils s'enrichissaient promptement, je résolus de m'établir parmi eux et de me faire planteur, prenant en même temps la détermination de chercher quelque moyen pour recouvrer l'argent que j'avais laissé à Londres. Dans ce dessein, ayant obtenu une sorte de lettre de naturalisation, j'achetai autant de terre inculte que mon argent me le permit et je formai un plan pour ma plantation et mon établissement proportionné à la somme que j'espérais recevoir de Londres.

J'avais un voisin, un Portugais de Lisbonne, mais né de parents anglais ; et il se trouvait à peu près dans les mêmes circonstances que moi. Mon avoir était mince aussi bien que le sien ; et, pendant environ deux années, nous ne plantâmes guère que pour notre nourriture. Toutefois, nous commencions à faire des progrès, et notre terre commençait à se bonifier ; si bien que, la troisième année, nous semâmes du tabac et apprêtâmes l'un et l'autre une grande pièce de terre pour planter des cannes à sucre l'année suivante.

J'étais à peu près basé sur les mesures relatives à la conduite de ma plantation avant que mon gracieux ami le capitaine s'en retournât. Lorsque je lui parlai du petit capital que j'avais laissé derrière moi à Londres, il me donna cet amical conseil :

– *Senhor Inglez*, me dit-il – car il m'appelait toujours ainsi –, si vous voulez me donner, pour moi, une procuration en forme et, pour la personne dépositaire de votre argent, à Londres, des lettres et des ordres d'envoyer vos fonds à Lisbonne, à telles personnes que je vous désignerai, et en telles marchandises qui sont convenables à ce pays-ci, je vous les apporterai, si Dieu veut, à mon retour.

Ce conseil était plein de considérations amicales ; je fus convaincu que c'était le meilleur parti à prendre; et, en conséquence, je préparai des lettres pour la dame à qui j'avais confié mon argent et une procuration pour le capitaine.

Je fus surpris agréablement quand cette cargaison arriva, et je crus ma fortune faite. Mon bon munitionnaire le capitaine avait dépensé les cinq livres sterling que mon amie lui avait envoyées en présent, à me louer, pour le terme de six années, un serviteur qu'il m'amena, et il ne voulut rien accepter sous aucune considération, si ce n'est un peu de tabac, que je l'obligeai à recevoir comme étant de ma propre récolte. Ce ne fut pas tout; comme mes marchandises étaient toutes de manufactures anglaises, telles que draps, étoffes, flanelle et autres choses particulièrement estimées et recherchées dans le pays, je trouvai moyen de les vendre très avantageusement, si bien que je puis dire que je quadruplai la valeur de ma cargaison.

Mais le mauvais usage de la prospérité est souvent la vraie cause de nos plus grandes adversités. J'eus, l'année suivante, beaucoup de succès dans ma plantation; je récoltai cinquante gros rouleaux de tabac, et ces cinquante rouleaux, pesant chacun environ cent livres, furent bien confectionnés et mis en réserve pour le retour de la flotte de Lisbonne.

Alors, mes affaires et mes richesses s'augmentant, ma tête commença à être pleine d'entreprises au-delà de ma portée, semblables à celles qui souvent causent la ruine des plus habiles spéculateurs.

Pour arriver maintenant aux particularités de cette partie de mon histoire, vous devez supposer qu'ayant alors vécu à peu près quatre années au Brésil, et commençant à prospérer et à m'enrichir dans ma plantation, non seulement j'avais appris le portugais, mais que j'avais lié connaissance et amitié avec mes confrères les planteurs, ainsi qu'avec les marchands de San Salvador, qui était notre port. Dans mes conversations avec eux, j'avais fréquemment fait le récit de mes voyages sur la côte de Guinée, de la manière d'y trafiquer avec les Nègres et de la facilité d'y acheter pour des babioles, telles que des grains de collier, des breloques, des couteaux, des ciseaux, des haches, des morceaux de glace et autres choses semblables, non seulement de la poudre d'or, des graines de Guinée, des dents d'éléphant, etc., mais des Nègres pour le service du Brésil, et en grand nombre. Ils écoutaient toujours très attentivement mes discours sur ce chapitre, mais plus spécialement la partie où je parlais de la traite des Nègres.

Il advint qu'une fois, me trouvant en compagnie avec des marchands et des planteurs de ma connaissance, je parlai de tout cela passionnément; trois d'entre eux vinrent auprès de moi le lendemain au matin et me dirent qu'ils avaient beaucoup songé à ce dont je m'étais entretenu avec eux la soirée précédente, et qu'ils venaient me faire une secrète proposition.

Ils me déclarèrent, après m'avoir recommandé la discrétion, qu'ils avaient le dessein d'équiper un vaisseau pour la côte de Guinée.

– Nous avons tous, comme vous, des plantations, ajoutèrent-ils, et nous n'avons rien tant besoin que d'esclaves ; mais comme nous ne pouvons pas entreprendre ce commerce, puisqu'on ne peut vendre publiquement les Nègres lorsqu'ils sont débarqués, nous ne désirons faire qu'un seul voyage, pour en ramener secrètement et les répartir sur nos plantations[1].

En un mot, la question était que si je voulais aller à bord pour diriger la traite sur la côte de Guinée, j'aurais ma portion contingente de Nègres sans fournir ma quote-part d'argent.

C'eût été une belle proposition, il faut en convenir, si elle avait été faite à quelqu'un qui n'eût pas eu à gouverner un établissement et une

1. Si la traite des esclaves était légale et nécessitait juste d'obtenir l'autorisation des gouvernements espagnols et portugais, alors maîtres des colonies d'Amérique du Sud, ces autorisations officielles obligeaient les planteurs à payer des taxes. D'où l'idée d'une traite clandestine… (*N.d.É.*)

plantation à soi, en beau chemin de devenir considérables et d'un excellent rapport; mais pour moi, qui étais ainsi engagé et établi, qui n'avais qu'à poursuivre, comme j'avais commencé, pendant trois ou quatre ans encore, et qu'à faire venir d'Angleterre mes autres cent livres sterling restantes pour être alors, avec cette petite addition, à peu près possesseur de trois ou quatre mille livres, qui accroîtraient encore chaque jour; mais pour moi, dis-je, penser à un pareil voyage, c'était la plus absurde chose dont un homme placé en de semblables circonstances pouvait se rendre coupable.

Mais comme j'étais né pour être mon propre destructeur, il me fut aussi impossible de résister à cette offre qu'il me l'avait été de maîtriser mes premières idées vagabondes lorsque les bons conseils de mon père échouèrent contre moi. En un mot, je leur dis que j'irais de tout mon cœur s'ils voulaient se charger de conduire ma plantation durant mon absence et en disposer ainsi que je l'ordonnerais si je venais à faire naufrage.

Je pris toutes précautions possibles pour garantir mes biens et entretenir ma plantation. Si j'avais usé de moitié autant de prudence à considérer mon propre intérêt et à me former un jugement de ce que je devais faire ou ne pas faire, je ne me serais certainement jamais éloigné d'une entreprise aussi florissante; je n'aurais point abandonné toutes les chances probables de m'enrichir pour un voyage sur mer où je serais exposé à tous les hasards communs ; pour ne rien dire des raisons que j'avais de m'attendre à des infortunes personnelles.

Mais j'étais entraîné, et j'obéis aveuglément à ce que me dictait mon goût plutôt que ma raison. Le bâtiment étant équipé convenablement, la cargaison fournie et toutes choses faites suivant l'accord par mes partenaires dans ce voyage, je m'embarquai à la maleheure* le 1er septembre, huit ans après, jour pour jour, qu'à Hull, je m'étais éloigné de mon père et de ma mère pour faire le rebelle à leur autorité et le fou quant à mes propres intérêts.

Notre vaisseau, d'environ cent vingt tonneaux, portait six canons et quatorze hommes, non compris le capitaine, son valet et moi. Nous n'avions guère à bord d'autre cargaison de marchandises que des clincailleries convenables pour notre commerce avec les Nègres, telles que des grains de collier, des morceaux de verre, des coquilles, de méchantes babioles, surtout de petits miroirs, des couteaux, des ciseaux, des cognées* et autres choses semblables.

Après une navigation d'environ douze jours, nous avions doublé la ligne et nous étions, suivant notre dernière estime, par les sept degrés vingt-deux minutes de latitude nord, quand un violent tourbillon, ou un ouragan, nous désorienta entièrement. Il commença du sud-est, tourna à peu près au nord-ouest, et enfin se fixa au nord-est, d'où il se déchaîna d'une manière si terrible, que pendant douze jours de suite nous ne fîmes que dériver, courant devant lui et nous laissant emporter partout où la fatalité et la furie des vents nous poussaient. Durant ces douze jours, je n'ai pas besoin de dire que je m'attendais à chaque instant à être englouti ; au fait, personne sur le vaisseau n'espérait sauver sa vie.

Dans cette détresse, nous eûmes, outre la terreur de la tempête, un de nos hommes mort de la calenture*, et un matelot et le domestique emportés par une lame. Vers le douzième jour, le vent mollissant un peu, le capitaine commença à consulter avec moi sur la route qu'il devait prendre, car le navire faisait plusieurs voies d'eau et était tout à fait désemparé*. Il opinait pour rebrousser directement vers les côtes du Brésil.

J'étais d'un avis positivement contraire. Après avoir examiné avec lui les cartes des côtes maritimes de l'Amérique, nous résolûmes de faire voile vers la Barbade, où nous espérions, en gardant la haute mer pour éviter l'entrée du golfe du Mexique, pouvoir aisément parvenir en quinze jours de navigation, d'autant qu'il nous était impossible de faire notre voyage à la côte d'Afrique sans des secours, et pour notre vaisseau et pour nous-mêmes.

Dans ce dessein, nous changeâmes de route et nous gouvernâmes nord-ouest-quart-ouest, afin d'atteindre une de nos îles anglaises, où je comptais recevoir quelque assistance.

Mais il en devait être autrement ; car, par les douze degrés dix-huit minutes de latitude, nous fûmes assaillis par une seconde tempête qui nous emporta avec la même impétuosité vers l'ouest et nous poussa si loin hors de toute route fréquentée, que si nos existences avaient été sauvées quant à la mer, nous aurions eu plutôt la chance d'être dévorés par les sauvages que celle de retourner en notre pays.

Le vent soufflait avec violence et, à la pointe du jour, un de nos hommes s'écria :

– Terre !

À peine nous étions-nous précipités hors de la cabine, pour regarder dans l'espoir de reconnaître en quel endroit du monde nous étions, que notre navire donna contre un banc de sable : son mouvement étant ainsi subitement arrêté, la mer déferla sur lui d'une telle manière, que nous nous attendîmes tous à périr sur l'heure et que nous nous réfugiâmes vers le gaillard d'arrière* pour nous mettre à l'abri de l'écume et des éclaboussures des vagues.

Nous étions vraiment dans une situation horrible, et il ne nous restait plus qu'à songer à sauver notre vie du mieux que nous pourrions. Nous avions une chaloupe à bord, mais la mettre à la mer était chose difficile ; cependant, il n'y avait pas à tergiverser, car nous nous imaginions à chaque minute que le vaisseau se brisait, et même quelques-uns de nous affirmaient que, déjà, il était entrouvert.

Notre second se saisit de la chaloupe et, avec l'aide des matelots, elle fut lancée par-dessus le flanc du navire. Nous y descendîmes tous, nous abandonnant à la merci de Dieu et de la tempête ; car, bien que la tourmente fût considérablement apaisée, la mer, néanmoins, s'élevait à une hauteur effroyable contre le rivage, et pouvait bien être appelée *Den wild zee* – la mer sauvage –, comme les Hollandais l'appellent lorsqu'elle est orageuse.

Nous nous mîmes à ramer vers la terre, mais avec le cœur gros et comme des hommes marchant au supplice.

Après avoir ramé, ou plutôt dérivé pendant une lieue et demie, à ce que nous jugions, une vague furieuse, s'élevant comme une montagne, vint, en roulant à notre arrière, nous annoncer notre coup de grâce. Bref, elle nous saisit avec tant de furie que, d'un seul coup, elle fit chavirer la chaloupe et nous en jeta loin, séparés les uns des autres, en nous laissant à peine le temps de dire : « Ô mon Dieu ! », car nous fûmes tous engloutis en un moment.

SEULS RESTES DE L'ÉQUIPAGE

Rien ne saurait retracer quelle était la confusion de mes pensées lorsque j'allai au fond de l'eau. Quoique je nageasse très bien, il me fut impossible de me délivrer des flots pour prendre respiration. La vague, m'ayant porté ou plutôt emporté à distance vers le rivage et s'étant étalée et retirée, me laissa presque à sec, mais à demi étouffé par l'eau que j'avais avalée. Me voyant plus près de la terre ferme que je ne m'y étais attendu, j'eus assez de présence d'esprit et de force pour me dresser sur mes pieds et m'efforcer de gagner le rivage, avant qu'une autre vague revînt et m'enlevât. Mais je sentis bientôt que c'était impossible, car je vis la mer s'avancer derrière moi, furieuse et aussi haute qu'une grande montagne.

La vague m'ensevelit tout d'un coup, dans sa propre masse, à la profondeur de vingt ou trente pieds ; je me sentais emporté avec une violence et une rapidité extrêmes à une grande distance du côté de la terre. Je retenais mon souffle et je nageais de toutes mes forces. Mais j'étais près d'étouffer, faute de respiration, quand je me sentis remonter et quand, à mon grand soulagement, ma tête et mes mains percèrent au-dessus de l'eau. Comme la terre était proche, les lames ne s'élevaient plus aussi haut, et je ne quittai point prise qu'elles ne se fussent abattues. Alors je m'approchai tellement de la terre, que la nouvelle vague, quoiqu'elle me traversât, ne m'engloutit point assez pour m'entraîner. Enfin, après un dernier effort, je parvins à la terre ferme, où, à ma grande satisfaction, je gravis les rochers escarpés du rivage et m'assis sur l'herbe, délivré de tous périls et à l'abri de toute atteinte de l'océan.

J'étais alors à terre et en sûreté sur la rive ; je commençai à regarder le ciel et à remercier Dieu de ce que ma vie était sauvée, dans un cas où, quelques minutes auparavant, il y avait à peine lieu d'espérer. Je crois qu'il serait impossible d'exprimer au vif ce que sont les extases et les transports d'une âme arrachée, pour ainsi dire, du plus profond de la tombe.

Absorbé dans la contemplation de ma délivrance, je me promenais çà et là sur le rivage, levant les mains vers le ciel, faisant mille gestes et mille mouvements que je ne saurais décrire ; songeant à tous mes compagnons qui étaient noyés, et que pas une âme n'avait dû être sauvée, excepté moi ; car je ne les revis jamais, ni eux, ni aucun vestige* d'eux, si ce n'est trois chapeaux, un bonnet et deux souliers dépareillés.

Alors je jetai les yeux sur le navire échoué ; mais il était si éloigné, et les brisants et l'écume de la lame étaient si forts, qu'à peine pouvais-je le distinguer; et je considérai, ô mon Dieu! comment il avait été possible que j'eusse atteint le rivage.

Après avoir soulagé mon esprit par tout ce qu'il y avait de consolant dans ma situation, je commençai à regarder à l'entour de moi pour voir en quelle sorte de lieu j'étais et ce que j'avais à faire. Je sentis bientôt mon contentement diminuer, et qu'en un mot ma délivrance était affreuse, car j'étais trempé et n'avais pas de vêtements pour me changer, ni rien à manger ou à boire pour me réconforter. Je n'avais non plus d'autre perspective que celle de mourir de faim ou d'être dévoré par les bêtes féroces.

La seule ressource qui s'offrit alors à ma pensée fut de monter à un arbre épais et touffu, semblable à un sapin, mais épineux, qui croissait près de là, et où je résolus de m'établir pour toute la nuit. Je m'éloignai d'environ un demi-quart de mille du rivage, afin de voir si je ne trouverais point d'eau douce pour étancher ma soif: à ma grande joie, j'en rencontrai. Après avoir bu et, pour ma défense, ayant coupé un bâton court, semblable à un gourdin, je pris possession de mon logement. Comme j'étais extrêmement fatigué, je tombai dans un profond sommeil et je dormis confortablement comme peu de personnes, je pense, l'eussent pu faire en ma situation, et je m'en trouvai plus soulagé que je crois l'avoir jamais été dans une occasion opportune.

Lorsque je m'éveillai, il faisait grand jour ; le temps était clair, l'orage était abattu, la mer n'était plus ni furieuse ni houleuse comme la veille. Mais quelle fut ma surprise en voyant que le vaisseau avait été, par l'élévation de la marée, enlevé, pendant la nuit, du banc de sable où il s'était engravé*. Il était environ à un mille du rivage, et comme il paraissait poser encore sur sa quille, je souhaitai d'aller à bord, afin de sauver au moins quelques choses nécessaires pour mon usage.

Quand je fus descendu de mon appartement, c'est-à-dire de l'arbre, je regardai encore à l'entour de moi, et la première chose que je découvris fut la chaloupe, gisant sur la terre, où le vent et la mer l'avaient lancée, à environ deux milles à ma droite. Mais j'étais alors bien plus désireux de parvenir au bâtiment, où j'espérais trouver quelque chose pour ma subsistance.

Un peu après midi, la mer était très calme et la marée si basse, que je pouvais avancer jusqu'à un quart de mille du vaisseau. Je résolus d'atteindre le navire, s'il était possible. Je me déshabillai, car la chaleur était extrême, et me mis à l'eau. Parvenu au bâtiment, la grande difficulté était de savoir comment monter à bord. J'en fis deux fois le tour à la nage et, la seconde fois, j'aperçus un petit bout de cordage, que je fus étonné de n'avoir point vu d'abord, et qui pendait au porte-haubans de misaine*, assez bas pour que je pusse l'atteindre, mais non sans grande difficulté. À l'aide de cette corde je me hissai sur le gaillard d'avant*. Là, je vis que le vaisseau était brisé et qu'il y avait une grande quantité d'eau dans la cale, mais qu'étant posé sur un banc de sable ferme, ou plutôt de terre, il portait la poupe extrêmement haut et la proue si bas, qu'elle était presque à fleur d'eau ; de sorte que l'arrière était libre et que tout ce qu'il y avait dans cette partie était sec.

Je trouvai d'abord que toutes les provisions du vaisseau étaient en bon état et n'avaient point souffert de l'eau ; et me sentant fort disposé à manger, j'allai à la soute au pain où je remplis mes goussets de biscuits, que je mangeai en m'occupant à autre chose ; car je n'avais pas de temps à perdre. Je trouvai aussi du rhum dans la grande chambre ; j'en bus un long trait, ce qui, au fait, n'était pas trop pour me donner du cœur à l'ouvrage. Alors il ne me manquait plus rien, qu'une barque pour me munir de bien des choses que je prévoyais devoir m'être fort essentielles.

Il était superflu de demeurer oisif à souhaiter ce que je ne pouvais avoir ; la nécessité éveilla mon industrie. Nous avions à bord plusieurs vergues*, plusieurs mâts de hune* de rechange, et deux ou trois espars* doubles ; je résolus de commencer par cela à me mettre à l'œuvre, et j'élinguai* hors du bord tout ce qui n'était point trop pesant, attachant chaque pièce avec une corde pour qu'elle ne pût pas dériver. Quand ceci fut fait, je descendis à côté du bâtiment et, les tirant à moi, je liai fortement ensemble quatre de ces pièces par les deux bouts, le mieux qu'il me fut possible, pour en former un radeau. Ayant posé en travers trois ou quatre bouts de bordage, je sentis que je pouvais très bien marcher dessus, mais qu'il ne pourrait pas porter une forte charge, à cause de sa trop grande légèreté. Je me remis donc à l'ouvrage et, avec la scie du charpentier, je coupai en trois, sur la longueur, un mât de hune, et l'ajoutai à mon radeau avec beaucoup de travail et de peine. Mais l'espérance de me procurer le nécessaire me poussait à faire bien au-delà de ce que j'aurais été capable d'exécuter en toute autre occasion.

LE RADEAU

Mon radeau était alors assez fort pour porter un poids raisonnable; il ne s'agissait plus que de voir de quoi je le chargerais, et comment je préserverais ce chargement du ressac de la mer; j'eus bientôt pris ma détermination.

D'abord, je mis tous les bordages et toutes les planches que je pus atteindre; puis, ayant bien songé à ce dont j'avais le plus besoin, je pris premièrement trois coffres de matelots, que j'avais forcés et vidés, et je les descendis sur mon radeau.

Le premier je le remplis de provisions, savoir: du pain, du riz, trois fromages de Hollande, cinq pièces de viande de chèvre séchée, dont l'équipage faisait sa principale nourriture, et un petit reste de blé d'Europe mis à part pour quelques poules que nous avions embarquées et qui avaient été tuées. Quant aux liqueurs, je trouvai plusieurs caisses de bouteilles appartenant à notre patron, dans lesquelles étaient quelques eaux cordiales; et enfin environ cinq ou six gallons d'arack; mais je les arrimai séparément parce qu'il n'était pas nécessaire de les mettre dans le coffre, et que, d'ailleurs, il n'y avait plus de place pour elles.

Tandis que j'étais occupé à ceci, je remarquai que la marée, quoique très calme, commençait à monter, et j'eus la mortification de voir flotter au large mon justaucorps, ma chemise et ma veste, que j'avais laissés sur le sable du rivage. Quant à mon haut-de-chausses, qui était seulement de toile et ouvert aux genoux, je l'avais gardé sur moi, ainsi que mes bas, pour nager jusqu'à bord. Quoi qu'il en soit, cela m'obligea d'aller à la recherche des hardes. J'en trouvai suffisamment, mais je ne pris que ce dont j'avais besoin pour le présent; car il y avait d'autres choses que je convoitais bien davantage, telles que des outils pour travailler à terre. Ce ne fut qu'après une longue quête que je découvris le coffre du charpentier, qui fut alors, en vérité, une capture plus profitable et d'une bien plus grande valeur, pour moi, que ne l'eût été un plein vaisseau d'or.

Je pensai ensuite aux munitions et aux armes; il y avait dans la grande chambre deux très bons fusils de chasse et deux pistolets; je les mis d'abord en réserve avec quelques poires à poudre, un petit sac de menu plomb et deux vieilles épées rouillées. Je savais qu'il existait à bord trois barils de poudre, mais j'ignorais où notre canonnier les avait rangés; enfin, je les trouvai après une longue perquisition. Il y en avait un qui avait été mouillé; les deux autres étaient secs et en bon état, et je les mis avec les armes sur mon radeau.

Me croyant alors assez bien chargé, je commençai à songer comment je devais conduire tout cela au rivage ; car je n'avais ni voile, ni aviron, ni gouvernail, et la moindre bouffée de vent pouvait submerger mon embarcation.

Trois choses relevaient mon courage : 1° une mer calme et unie ; 2° la marée montante et portant à la terre ; 3° le vent, qui tout faible qu'il était, soufflait vers le rivage.

Enfin, ayant trouvé deux ou trois rames rompues appartenant à la chaloupe, et deux scies, une hache et un marteau, en outre des outils qui étaient dans le coffre, je me mis en mer avec ma cargaison.

Jusqu'à un mille, ou environ, mon radeau alla très bien ; seulement je m'aperçus qu'il dérivait un peu au-delà de l'endroit où d'abord j'avais pris terre. Cela me fit juger qu'il y avait là un courant d'eau, et me fit espérer, par conséquent, de trouver une crique ou une rivière dont je pourrais faire usage comme d'un port pour débarquer mon chargement.

La chose était ainsi que je l'avais présumé. Je découvris devant moi une petite ouverture de terre, et je vis la marée qui s'y précipitait. Je gouvernai donc mon radeau du mieux que je pus pour le maintenir dans le milieu du courant. Je me trouvai enfin à l'embouchure d'une petite rivière, entre deux rives, sur un courant ou flux rapide qui remontait. Cependant je cherchais des yeux une place convenable pour prendre terre; car, espérant, avec le temps, apercevoir quelque navire en mer, je ne voulais pas me laisser entraîner trop avant; et c'est pour cela que je résolus de m'établir aussi près de la côte que je le pourrais. Enfin, je découvris une petite anse sur la rive droite de la crique, vers laquelle je conduisis mon radeau. Je l'attachai ou amarrai en fichant dans la terre mes deux rames brisées; l'une d'un côté près d'un bout, l'autre du côté opposé près de l'autre bout, et je demeurai ainsi jusqu'à ce que le jusant* eût laissé en sûreté, sur le rivage, mon radeau et toute ma cargaison.

Ensuite, ma première occupation fut de reconnaître le pays et de chercher un endroit favorable pour ma demeure et pour ranger mes bagages, et les mettre à couvert de tout ce qui pourrait advenir. J'ignorais encore où j'étais. Était-ce une île ou le continent? Était-ce habité ou inhabité? Étais-je, ou n'étais-je pas, en danger des bêtes féroces?

À un mille de moi au plus, il y avait une montagne très haute et très escarpée qui semblait en dominer plusieurs autres dont la chaîne s'étendait au nord. Je pris un de mes fusils de chasse, un de mes pistolets et une poire à poudre, et, armé de la sorte, je m'en allai à la découverte sur cette montagne. Après avoir, avec beaucoup de peine et de difficulté, gravi la cime, je compris, à ma grande affliction, ma destinée, c'est-à-dire que j'étais dans une île au milieu de l'océan, d'où je n'apercevais d'autre terre que des récifs fort éloignés et deux petites îles moindres que celle où j'étais, situées à trois lieues environ vers l'ouest.

Je reconnus aussi que l'île était inculte et que, vraisemblablement, elle n'était habitée que par des bêtes féroces; pourtant, je n'en apercevais aucune; en revanche, je voyais quantité d'oiseaux dont je ne connaissais pas l'espèce. Je n'aurais pas même pu, lorsque j'en aurais tué, distinguer ceux qui étaient bons à manger de ceux qui ne l'étaient pas. En revenant, je tirai sur un gros oiseau que je vis se poser sur un arbre, au bord d'un grand bois; c'était, je pense, le premier coup de fusil qui eût été tiré en ce lieu depuis la création du monde. Je n'eus pas plus tôt fait feu que, de toutes les parties du bois, il s'éleva un nombre innombrable d'oiseaux de diverses espèces, faisant une rumeur confuse et criant chacun selon sa note accoutumée. Pas un d'eux n'était d'une espèce qui me fût connue. Quant à l'animal que je tuai, je le pris pour une sorte de faucon; il en avait la couleur et le bec, mais non pas les serres ni les éperons; sa chair était puante et ne valait absolument rien.

Me contentant de cette découverte, je revins à mon radeau et me mis à l'ouvrage pour le décharger. Cela me prit tout le reste du jour.

Que ferais-je de moi à la nuit? Où reposerais-je? En vérité, je l'ignorais; car je redoutais de coucher à terre, ne sachant si quelque bête féroce ne me dévorerait pas. Comme j'ai eu lieu de le reconnaître depuis, ces craintes étaient réellement mal fondées.

Néanmoins, je me barricadai aussi bien que je pus avec les coffres et les planches que j'avais apportés sur le rivage, et je me fis une sorte de hutte pour mon logement de cette nuit-là. Quant à ma nourriture, je ne savais pas encore comment j'y suppléerais, si ce n'est que j'avais vu deux ou trois animaux semblables à des lièvres fuir hors du bois où j'avais tiré sur l'oiseau.

Alors je commençai à réfléchir que je pourrais encore enlever du vaisseau bien des choses qui me seraient fort utiles, particulièrement des cordages et des voiles, et autres objets qui pourraient être transportés. Je résolus donc de faire un nouveau voyage à bord si c'était possible; et, comme je n'ignorais pas que la première tourmente qui soufflerait briserait nécessairement le navire en mille pièces, je renonçai à rien entreprendre jusqu'à ce que j'en eusse retiré tout ce que je pourrais en avoir. Alors je tins conseil, en mes pensées veux-je dire, pour décider si je me resservirais du même radeau. Cela me parut impraticable; aussi me déterminai-je à y retourner comme la première fois, quand la marée serait basse, ce que je fis.

Je me rendis pareillement à bord et je préparai un second radeau. Ayant eu l'expérience du premier, je fis celui-ci plus léger et je le chargeai moins pesamment; j'emportai, toutefois, quantité de choses d'une très grande utilité pour moi.

Premièrement, dans la soute aux rechanges du maître charpentier, je trouvai deux ou trois sacs pleins de pointes et de clous, une grande tarière*, une douzaine ou deux de haches et, de plus, cette chose d'un si grand usage nommée meule à aiguiser. Je mis tout cela à part, et j'y réunis beaucoup d'objets appartenant au canonnier, nommément deux ou trois leviers de fer, deux barils de balles de mousquet, sept mousquets, un troisième fusil de chasse, une petite quantité de poudre, un gros sac plein de cendrée* et un grand rouleau de feuilles de plomb; mais ce dernier était si pesant que je ne pus le soulever pour le faire passer par-dessus le bord.

En outre, je pris une voile de rechange du petit hunier*, un hamac, un coucher complet et tous les vêtements que je pus trouver. Je chargeai donc mon second radeau de tout ceci, que j'amenai sain et sauf sur le rivage, à ma très grande satisfaction.

«J'étais allé onze fois à bord du vaisseau, et j'en avais enlevé tout ce qu'il était possible à un seul homme d'emporter» *(page 59)*

LA CHAMBRE DU CAPITAINE

Ma seconde cargaison ayant gagné la terre, je me mis à l'ouvrage pour me faire une petite tente avec la voile et des perches que je coupai à cet effet. Sous cette tente, je rangeai tout ce qui pouvait se gâter à la pluie ou au soleil, et j'empilai en cercle, à l'entour, tous les coffres et tous les barils vides, pour la fortifier contre toute attaque soudaine, soit d'hommes, soit de bêtes.

Cela fait, je barricadai en dedans, avec des planches, la porte de cette tente et, en dehors, avec une caisse vide posée debout; puis j'étendis à terre un de mes couchers. Plaçant mes pistolets à mon chevet et mon fusil à côté de moi, je me mis au lit pour la première fois et dormis très paisiblement toute la nuit, car j'étais accablé de fatigue.

J'avais alors le plus grand magasin d'objets de toutes sortes, qui, sans doute, eût jamais été amassé pour un seul homme, mais je n'étais pas satisfait encore; je pensais que tant que le navire resterait à l'échouage, il était de mon devoir d'en retirer tout ce que je pourrais. Chaque jour, donc, j'allais à bord à mer étale, et je rapportais une chose ou une autre; nommément, la troisième fois que je m'y rendis, j'enlevai autant d'agrès qu'il me fut possible, tous les petits cordages et le fil à voile, une pièce de toile de réserve pour raccommoder les voiles au besoin, et le baril de poudre mouillée. Bref, j'emportai toutes les voiles, depuis la première jusqu'à la dernière ; seulement je fus obligé de les couper en morceaux, pour en apporter à la fois autant que possible. D'ailleurs, ce n'était plus comme voilure, mais comme simple toile qu'elles devaient servir.

Ce qui me fit le plus de plaisir, ce fut qu'après cinq ou six voyages semblables, et lorsque je pensais que le bâtiment ne contenait plus rien qui valût la peine que j'y touchasse, je découvris une grande barrique de biscuits, trois gros barils de rhum ou de liqueurs fortes, une caisse de sucre et un baril de fine fleur de farine.

Le lendemain, je fis un autre voyage. Comme j'avais dépouillé le vaisseau de tout ce qui était d'un transport facile, je me mis après les câbles. Je coupai tout ce qui pouvait me servir à faire un grand radeau, pour charger tous ces pesants objets, et je partis. Mais ma bonne chance commençait alors à m'abandonner : ce radeau était tellement surchargé, qu'ayant donné dans la petite anse où je débarquais mes provisions, et ne pouvant pas le conduire aussi adroitement que j'avais conduit les autres, il chavira et me jeta dans l'eau avec toute ma cargaison. Quant à moimême, le mal ne fut pas grand, car j'étais proche du rivage ; mais ma cargaison fut perdue en grande partie. Néanmoins, quand la marée se fut retirée, je portai à terre la plupart des morceaux de câble, mais avec une peine infinie, car, pour cela, je fus obligé de plonger dans l'eau, travail qui me fatiguait extrêmement. Toutefois, je ne laissais pas, chaque jour, de retourner à bord et d'en rapporter tout ce que je pouvais.

Il y avait alors treize jours que j'étais à terre; j'étais allé onze fois à bord du vaisseau, et j'en avais enlevé tout ce qu'il était possible à un seul homme d'emporter. Et je crois vraiment que, si le temps calme eût continué, j'aurais amené tout le bâtiment, pièce à pièce. Comme je me préparais à aller à bord pour la douzième fois, je sentis le vent qui commençait à se lever. Néanmoins, à la marée basse, je m'y rendis; et quoique je pensasse avoir parfaitement fouillé la chambre du capitaine, je découvris pourtant un meuble garni de tiroirs, dans l'un desquels je trouvai deux ou trois rasoirs, une paire de grands ciseaux et une douzaine environ de bons couteaux et de fourchettes; puis, dans un autre, la valeur au moins de trente-six livres sterling en espèces d'or et d'argent, soit européennes soit brésiliennes, et, entre autres, quelques pièces de huit*.

À la vue de cet argent, je souris en moi-même et je m'écriai:

– Ô drogue! À quoi es-tu bonne? Tu ne vaux pas pour moi, non, tu ne vaux pas la peine que je me baisse pour te prendre! Un seul de ces couteaux est plus pour moi que cette somme. Je n'ai nul besoin de toi ; demeure donc où tu es et va au fond de la mer, comme une créature qui ne mérite pas qu'on la sauve.

Je me ravisai cependant, je le pris et, l'ayant enveloppé avec les autres objets dans un morceau de toile, je songeai à faire un nouveau radeau. Sur ces entrefaites, je m'aperçus que le ciel était couvert et que le vent commençait à fraîchir. Au bout d'un quart d'heure, il souffla un bon frais de la côte. Je compris de suite qu'il était inutile d'essayer à faire un radeau avec une brise venant de terre, et que mon affaire était de partir avant qu'il y eût du flot, qu'autrement je pourrais bien ne jamais revoir le rivage. Je me jetai donc à l'eau et je traversai à la nage le chenal ouvert entre le bâtiment et les sables, mais avec assez de difficulté, à cause des objets pesants que j'avais sur moi et du clapotage de la mer ; car le vent força si brusquement, que la tempête se déchaîna avant même que la marée fût haute.

Mais j'étais déjà rentré chez moi, dans ma petite tente, et assis en sécurité au milieu de toute ma richesse. Il fit un gros temps toute la nuit ; et, le matin, quand je regardai en mer, le navire avait disparu. Je fus un peu surpris ; mais je me remis aussitôt par cette consolante réflexion, que je n'avais point perdu de temps pour en retirer tout ce qui pouvait m'être utile. Mon esprit ne s'occupa plus alors qu'à chercher les moyens de me mettre en sûreté, soit contre les sauvages qui pourraient survenir, soit contre les bêtes féroces, s'il y en avait dans l'île.

Je reconnus d'abord que le lieu où j'étais n'était pas convenable pour mon établissement. Particulièrement, parce que c'était un terrain bas et marécageux, proche de la mer, que je croyais ne pas devoir être sain, et plus particulièrement encore parce qu'il n'y avait point d'eau douce près de là. Je me déterminai donc à chercher un coin de terre plus favorable.

Je devais considérer plusieurs choses dans le choix de ce site : 1° la salubrité, et l'eau douce ; 2° l'abri contre la chaleur du soleil ; 3° la protection contre toutes créatures rapaces, soit hommes ou bêtes ; 4° la vue de la mer, afin que, si Dieu envoyait quelque bâtiment dans ces parages, je pusse en profiter pour ma délivrance ; car je ne voulais point encore en bannir l'espoir de mon cœur. En cherchant un lieu qui réunît tous ces avantages, je trouvai une petite plaine située au pied d'une colline, dont le flanc, regardant cette esplanade, s'élevait à pic comme la façade d'une maison, de sorte que rien ne pouvait venir à moi de haut en bas. Sur le devant de ce rocher, il y avait un enfoncement qui ressemblait à l'entrée ou à la porte d'une cave ; mais il n'existait réellement aucune caverne, ni aucun chemin souterrain.

Ce fut sur cette pelouse, juste devant cette cavité, que je résolus de m'établir. Cette situation était au nord-nord-ouest de la colline, de manière que chaque jour j'étais à l'abri de la chaleur, jusqu'à ce que le soleil déclinât à l'ouest-quart-sud, ou environ ; mais, alors, dans ces climats, il n'est pas éloigné de son coucher.

Avant de dresser ma tente, je traçai devant le creux du rocher un demi-cercle dont le rayon avait environ dix verges* à partir du roc, et le diamètre vingt verges depuis un bout jusqu'à l'autre.

Je plantai, dans ce demi-cercle, deux rangées de gros pieux que j'enfonçai en terre jusqu'à ce qu'ils fussent solides comme des pilotis. Leur gros bout, taillé en pointe, s'élevait hors de terre à la hauteur de cinq pieds et demi ; entre les deux rangs, il n'y avait pas plus de six pouces d'intervalle. Je pris ensuite les morceaux de câble que j'avais coupés à bord du vaisseau et je les posai les uns sur les autres, dans l'entre-deux de la double palissade, jusqu'à son sommet. Puis, en dedans du demi-cercle, j'ajoutai d'autres pieux d'environ deux pieds et demi, s'appuyant contre les premiers et leur servant de contrefiches.

Cet ouvrage était si fort que ni homme ni bête n'aurait pu le forcer ni le franchir. Il me coûta beaucoup de temps et de travail, surtout pour couper les pieux dans les bois, les porter à pied d'œuvre et les enfoncer en terre.

LA CHÈVRE ET SON CHEVREAU

Pour entrer dans la place, je fis, non pas une porte, mais une petite échelle avec laquelle je passais par-dessus ce rempart. Quand j'étais en dedans, je l'enlevais et la tirais à moi. Je me croyais ainsi parfaitement défendu et fortifié contre le monde entier, et je dormais donc en toute sécurité pendant la nuit, ce qu'autrement je n'aurais pu faire.

Dans ce retranchement ou cette forteresse, je transportai avec beaucoup de peine toutes mes richesses, tous mes vivres, toutes mes munitions et provisions, et je me dressai une vaste tente que je fis double, pour me garantir des pluies qui sont excessives en cette région pendant certain temps de l'année ; c'est-à-dire que j'établis d'abord une tente de médiocre grandeur ; ensuite une plus spacieuse par-dessus, recouverte d'une grande toile goudronnée que j'avais mise en réserve avec les voiles. Dès lors, je cessai pour un temps de coucher dans le lit que j'avais apporté à terre, préférant un fort bon hamac qui avait appartenu au capitaine de notre vaisseau.

Ayant apporté dans cette tente toutes mes provisions et tout ce qui pouvait se gâter à l'humidité, et ayant ainsi renfermé tous mes biens, je condamnai le passage que, jusqu'alors, j'avais laissé ouvert, et je passai et repassai avec ma petite échelle.

Cela fait, je commençai à creuser dans le roc et, transportant à travers ma tente la terre et les pierres que j'en tirais, j'en formai une sorte de terrasse qui éleva le sol d'environ un pied et demi en dedans de la palissade. Ainsi, justement derrière ma tente, je me fis une grotte qui me servait comme de cellier pour ma maison. Il m'en coûta beaucoup de travail et beaucoup de temps avant que je pusse porter à leur perfection ces différents ouvrages.

Je sortais au moins une fois chaque jour avec mon fusil, soit pour me récréer, soit pour voir si je ne pourrais pas tuer quelque animal pour ma nourriture, soit enfin pour reconnaître autant qu'il me serait possible quelles étaient les productions de l'île. Dès ma première exploration, je découvris qu'il y avait des chèvres, ce qui me causa une grande joie. Du premier coup que je lâchai sur ces chèvres, je tuai une bique qui avait auprès d'elle un petit cabri qu'elle nourrissait, ce qui me fit beaucoup de peine. Quand la mère fut tombée, le petit chevreau, non seulement resta auprès d'elle jusqu'à ce que j'allasse la ramasser, mais encore quand je l'emportai sur mes épaules, il me suivit jusqu'à mon enclos. Arrivé là, je la déposai à terre et, prenant le biquet dans mes bras, je le passai par-dessus la palissade, dans l'espérance de l'apprivoiser. Mais il ne voulut point manger, et je fus donc obligé de le tuer et de le manger moi-même. Ces deux animaux me fournirent de viande pour longtemps, car je vivais avec parcimonie et ménageais mes provisions, surtout mon pain, autant qu'il était possible.

Maintenant que je suis sur le point de m'engager dans la relation mélancolique d'une vie silencieuse, d'une vie peut-être inouïe dans le monde, je reprendrai mon récit dès le commencement et je le continuerai avec méthode.

Ce fut, suivant mon calcul, le 30 de septembre que je mis le pied pour la première fois sur cette île affreuse; lorsque le soleil était, pour ces régions, dans l'équinoxe d'automne, et presque à plomb sur ma tête. Je reconnus par cette observation que je me trouvais par les neuf degrés vingt-deux minutes de latitude au nord de l'équateur.

Au bout d'environ dix ou douze jours que j'étais là, il me vint en l'esprit que je perdrais la connaissance du temps, faute de livres, de plumes et d'encre, et même que je ne pourrais plus distinguer les dimanches des jours ouvrables. Pour éviter cette confusion, j'érigeai sur le rivage où j'avais pris terre pour la première fois, un gros poteau en forme de croix, sur lequel je gravai avec mon couteau, en lettres capitales, cette inscription:

J'ABORDAI ICI LE 30 SEPTEMBRE 1659

Sur les côtés de ce poteau carré, je faisais tous les jours une hoche*, chaque septième hoche avait le double de la longueur des autres et, tous les premiers du mois, j'en marquais une plus longue encore : par ce moyen, j'entretins mon calendrier, ou le calcul de mon temps, divisé par semaines, mois et années.

C'est ici le lieu d'observer que, parmi le grand nombre de choses que j'enlevai du vaisseau, je me procurai beaucoup d'articles de moindre valeur, mais non pas d'un moindre usage pour moi, et que j'ai négligé de mentionner précédemment ; comme, par exemple, des plumes, de l'encre, du papier et quelques autres objets serrés dans les cabines du capitaine, du second, du canonnier et du charpentier ; trois ou quatre compas, des instruments de mathématiques, des cadrans, des lunettes d'approche, des cartes et des livres de navigation, que j'avais pris pêle-mêle sans savoir si j'en aurais besoin ou non. Je trouvai aussi trois fort bonnes bibles que j'avais reçues d'Angleterre avec ma cargaison, et que j'avais emballées avec mes hardes ; en outre, quelques livres portugais, deux ou trois de prières catholiques, et divers autres volumes que je conservai soigneusement.

LA CHAISE

Il ne faut pas que j'oublie que nous avions dans le vaisseau un chien et deux chats. J'emportai les deux chats avec moi ; quant au chien, il sauta de lui-même hors du vaisseau et vint à la nage me retrouver à terre, après que j'y eus conduit ma première cargaison. Pendant bien des années il fut pour moi un serviteur fidèle ; je n'eus jamais faute de ce qu'il pouvait m'aller quérir, ni de la compagnie qu'il pouvait me faire ; seulement, j'aurais désiré qu'il me parlât, mais c'était chose impossible.

Nonobstant tout ce que j'avais amassé, il me manquait quantité de choses : une bêche, une pioche et une pelle pour fouir* et transporter la terre ; des aiguilles, des épingles et du fil. Quant à de la toile, j'appris bientôt à m'en passer sans beaucoup de peine.

Ce manque d'outils faisait que, dans tous mes travaux, je n'avançais que lentement, et il s'écoula près d'une année avant que j'eusse entièrement achevé ma petite palissade. Ses palis ou pieux étaient si pesants, que c'était tout ce que je pouvais faire de les soulever. Il me fallait longtemps pour les couper et les façonner dans les bois, et bien plus longtemps encore pour les amener jusqu'à ma demeure. Je passais quelquefois deux jours à tailler et à transporter un seul de ces poteaux, et un troisième jour à l'enfoncer en terre.

Pour ce dernier travail je me servais, au commencement, d'une lourde pièce de bois, mais, plus tard, je m'avisai d'employer une barre de fer, ce qui n'empêcha pas, toutefois, que le pilotage de ces palis ou de ces pieux ne fût une rude et longue besogne.

Mais quel besoin aurais-je eu de m'inquiéter de la lenteur de n'importe quel travail ? Je sentais tout le temps que j'avais devant moi et que, cet ouvrage une fois achevé, je n'aurais aucune autre occupation, au moins que je pusse prévoir, si ce n'est de rôder dans l'île pour chercher ma nourriture, ce que je faisais plus ou moins chaque jour.

Je commençai dès lors à examiner sérieusement ma position et les circonstances où j'étais réduit. Comme ma raison commençait alors à me rendre maître de mon abattement, j'essayais à me consoler moi-même du mieux que je pouvais, en balançant mes biens et mes maux, afin que je pusse bien me convaincre que mon sort n'était pas le pire ; et, comme débiteur et créancier, j'établis, ainsi qu'il suit, un compte très fidèle de mes jouissances en regard des misères que je souffrais :

LE MAL	LE BIEN
« Je suis jeté sur une île horrible et désolée, sans aucun espoir de délivrance.	*Mais je suis vivant ; je n'ai pas été noyé comme le furent tous mes compagnons de voyage.*
Je suis écarté et séparé, en quelque sorte, du monde entier pour être misérable.	*Mais j'ai été séparé du reste de l'équipage pour être préservé de la mort ; et Celui qui m'a miraculeusement sauvé de la mort peut aussi me délivrer de cette condition.*
Je suis retranché du nombre des hommes ; je suis un solitaire, un banni de la société humaine.	*Mais je ne suis point mourant de faim et expirant sur une terre stérile qui ne produise pas de subsistances.*
Je n'ai point de vêtements pour me couvrir.	*Mais je suis dans un climat chaud, où, si j'avais des vêtements, je pourrais à peine les porter.*
Je suis sans aucune défense, et sans moyen de résister à aucune attaque d'hommes ou de bêtes.	*Mais j'ai échoué sur une île où je ne vois nulle bête féroce qui puisse me nuire.*
Je n'ai pas une seule âme à qui parler, ou qui puisse me consoler.	*Mais Dieu, par un prodige, a envoyé le vaisseau assez près du rivage pour que je pusse en tirer tout ce qui m'était nécessaire pour suppléer à mes besoins. »*

En somme, il en résultait ce témoignage indubitable que, dans le monde, il n'est point de condition si misérable où il n'y ait quelque chose de positif ou de négatif dont on doit être reconnaissant.

Ayant alors accoutumé mon esprit à goûter ma situation et ne promenant plus mes regards en mer dans l'espérance d'y découvrir un vaisseau, je commençai à m'appliquer à améliorer mon genre de vie, et à me faire les choses aussi douces que possible.

J'ai déjà décrit mon habitation ou ma tente, placée au pied d'une roche et environnée d'une forte palissade de pieux et de câbles, que, maintenant, je devrais plutôt appeler une muraille, car je l'avais renformie, à l'extérieur, d'une sorte de contre-mur de gazon d'à peu près deux pieds d'épaisseur. Au bout d'un an et demi environ, je posai sur ce contre-mur des chevrons s'appuyant contre le roc, que je couvris de branches d'arbres et de tout ce qui pouvait garantir de la pluie, que j'avais reconnue excessive en certains temps de l'année.

J'ai raconté de quelle manière j'avais apporté tous mes bagages dans mon enclos et dans la grotte que j'avais faite par-derrière ; mais je dois dire aussi que ce n'était d'abord qu'un amas confus d'effets dans un tel désordre qu'ils occupaient toute la place et me laissaient à peine assez d'espace pour me remuer.

Je me mis donc à agrandir ma grotte et à pousser plus avant mes travaux souterrains ; car c'était une roche de sablon qui cédait aisément à mes efforts. Comme alors je me trouvais passablement à couvert des bêtes de proie, je creusai obliquement le roc à main droite ; et puis, tournant encore à droite, je poursuivis jusqu'à ce que je l'eusse percé à jour, pour me faire une porte de sortie sur l'extérieur de ma palissade ou de mes fortifications.

Non seulement cela me donna une issue et une entrée, ou, en quelque sorte, un chemin dérobé pour ma tente et mon magasin, mais encore de l'espace pour ranger tout mon attirail.

J'entrepris alors de me fabriquer les meubles indispensables dont j'avais le plus besoin, spécialement une chaise et une table.

Je me mis donc à l'œuvre ; ici, je constaterai nécessairement cette observation, que, la raison étant l'essence et l'origine des mathématiques, tout homme qui base chaque chose sur la raison et juge des choses le plus raisonnablement possible, peut, avec le temps, passer maître dans n'importe quel art mécanique. Je n'avais, de ma vie, manié un outil ; et pourtant, à la longue, par mon travail, mon application, mon industrie, je reconnus enfin qu'il n'y avait aucune des choses qui me manquaient que je n'eusse pu faire, surtout si j'avais eu des instruments. Quoi qu'il en soit, sans outils, je fabriquai quantité d'ouvrages ;

et seulement avec une hache et une herminette*, je vins à bout de quelques-uns qui, sans doute, jusque-là, n'avaient jamais été faits ainsi ; mais ce ne fut pas sans une peine infinie. Par exemple, si j'avais besoin d'une planche, je n'avais pas d'autre moyen que celui d'abattre un arbre, de le coucher devant moi, de le tailler des deux côtés avec ma cognée* jusqu'à le rendre suffisamment mince, et de le dresser ensuite avec mon herminette. Il est vrai que, par cette méthode, je ne pouvais tirer qu'une planche d'un arbre entier ; mais à cela, non plus qu'à la prodigieuse somme de temps et de travail que j'y dépensais, il n'y avait d'autre remède que la patience. Après tout, mon temps ou mon labeur était de peu de prix, et il importait peu que je l'employasse d'une manière ou d'une autre.

Comme je l'ai dit plus haut, je me fis en premier lieu une chaise et une table, et je me servis, pour cela, des bouts de bordages que j'avais tirés du navire.

Quand j'eus façonné des planches, je plaçai de grandes tablettes, larges d'un pied et demi, l'une au-dessus de l'autre, tout le long d'un côté de ma grotte, pour poser mes outils, mes clous, ma ferraille, en un mot pour assigner à chaque chose sa place, et pouvoir les trouver aisément. J'enfonçai aussi quelques chevilles dans la paroi du rocher pour y pendre mes mousquets et tout ce qui pouvait se suspendre.

Si quelqu'un avait pu visiter ma grotte, à coup sûr elle lui aurait semblé un entrepôt général d'objets de nécessité. J'avais ainsi toutes choses si bien à ma main, que j'éprouvais un vrai plaisir à voir le bel ordre de mes effets, et surtout à me voir à la tête d'une si grande provision.

Ce fut seulement alors que je me mis à tenir un journal de mon occupation de chaque jour[1] ; car, dans les commencements, j'étais trop embarrassé de travaux et j'avais l'esprit dans un trop grand trouble ; mon journal n'eût été rempli que de choses attristantes. Par exemple, il aurait fallu que je parlasse ainsi :

Le 30 septembre, après avoir gagné le rivage ; après avoir échappé à la mort, au lieu de remercier Dieu de ma délivrance, ayant rendu d'abord une grande quantité d'eau salée, et m'étant assez bien remis, je courus çà et là sur le rivage, tordant mes mains, frappant mon front et ma face, invectivant contre ma misère, et criant : « Je suis perdu ! perdu !... », jusqu'à ce que, affaibli et harassé, je fus forcé de m'étendre sur le sol, où je n'osai pas dormir de peur d'être dévoré.

1. Le fait qu'il se rappelle au jour près la chronologie de ses activités n'est guère vraisemblable, et donne à ce récit inséré un caractère quelque peu artificiel. (*N.d.É.*)

« Sur les côtés de ce poteau carré, je faisais tous les jours une hoche... » (page 65)

CHASSE DU 3 NOVEMBRE

Ayant surmonté ces faiblesses, et mon domicile et mon ameublement étant établis aussi bien que possible, je commençai mon journal, dont je vais ici vous donner la copie aussi loin que je pus le poursuivre ; car, mon encre une fois usée, je fus dans la nécessité de l'interrompre.

JOURNAL

30 septembre 1659.

Moi, pauvre misérable Robinson Crusoé, après avoir fait naufrage au large durant une horrible tempête, tout l'équipage étant noyé, moi-même étant à demi mort, j'abordai à cette île infortunée, que je nommai l'île du Désespoir.

Je passai tout le reste du jour à m'affliger de l'état affreux où j'étais réduit : sans nourriture, sans demeure, sans vêtements, sans armes, sans lieu de refuge, sans aucune espèce de secours, je ne voyais rien devant moi que la mort, soit que je dusse être dévoré par les bêtes ou tué par les sauvages, ou que je dusse périr de faim. À la brune, je montai sur un arbre, de peur des animaux féroces, et je dormis profondément, quoiqu'il plût toute la nuit.

Octobre.

Le 1ᵉʳ. À ma grande surprise, j'aperçus, le matin, que le vaisseau avait été soulevé par la marée montante et entraîné beaucoup plus près du rivage.

D'un côté, ce fut une consolation pour moi ; car, le voyant entier et dressé sur sa quille, je conçus l'espérance, si le vent venait à s'abattre, d'aller à bord et d'en tirer les vivres ou les choses nécessaires pour mon soulagement.

D'un autre côté, ce spectacle renouvela la douleur que je ressentais de la perte de mes camarades ; j'imaginais que, si nous étions demeurés à bord, nous eussions pu sauver le navire, ou qu'au moins mes compagnons n'eussent pas été noyés comme ils l'étaient, et que, si tout l'équipage avait été préservé, peut-être nous eussions pu construire avec les débris du bâtiment une embarcation qui nous aurait portés en quelque endroit du monde. Je passai une grande partie de la journée à tourmenter mon âme de ces regrets ; mais enfin, voyant le bâtiment presque à sec, j'avançai sur la grève aussi loin que je pus, et me mis à la nage pour aller à bord. Il continua de pleuvoir tout le jour, mais il ne faisait point de vent.

Du 1ᵉʳ au 24. Toutes ces journées furent employées à faire plusieurs voyages pour tirer du vaisseau tout ce que je pouvais, et l'amener à terre sur des radeaux à la faveur de chaque marée montante. Il plut beaucoup durant cet intervalle, quoique avec quelque lueur de beau temps : il paraît que c'était la saison pluvieuse.

Le 25. Tout le jour et toute la nuit il tomba une pluie accompagnée de rafale ; durant ce temps, le navire se brisa, et le vent ayant soufflé plus violemment encore, il disparut, et je ne pus apercevoir ses débris qu'à mer étale seulement. Je passai ce jour-là à mettre à l'abri les effets que j'avais sauvés, de crainte qu'ils ne s'endommageassent à la pluie.

Le 26. Je parcourus le rivage presque tout le jour, pour trouver une place où je pusse fixer mon habitation ; j'étais fort inquiet de me mettre à couvert, pendant la nuit, des attaques des hommes et des bêtes sauvages. Vers le soir, je m'établis en un lieu convenable, au pied d'un rocher et je traçai un demi-cercle pour mon campement, que je résolus d'entourer de fortifications composées d'une double palissade fourrée de câbles et renformie de gazon.

Du 26 au 30. Je travaillai rudement à transporter tous mes bagages dans ma nouvelle habitation, quoiqu'il plût excessivement fort une partie de ce temps-là.

Le 31. Dans la matinée je sortis avec mon fusil pour chercher quelque nourriture et reconnaître le pays ; je tuai une chèvre, dont le chevreau me suivit jusque chez moi ; mais, dans la suite, comme il refusait de manger, je le tuai aussi.

Novembre.

Le 1er. Je dressai ma tente au pied du rocher, et j'y couchai pour la première nuit. Je l'avais faite aussi grande que possible avec des piquets que j'y avais plantés, et auxquels j'avais suspendu mon hamac.

Le 2. J'entassai tous mes coffres, toutes mes planches et tout le bois de construction dont j'avais fait mon radeau, et m'en formai un rempart autour de moi, un peu en dedans de la ligne que j'avais tracée pour mes fortifications.

Le 3. Je sortis avec mon fusil et je tuai deux oiseaux semblables à des canards, qui furent un excellent manger. Dans l'après-midi, je me mis à l'œuvre pour faire une table.

Le 4. Je commençai à régler mon temps de travail et de sortie, mon temps de repos et de récréation, et suivant cette règle que je continuai d'observer, le matin, s'il ne pleuvait pas, je sortais avec mon fusil pour deux ou trois heures; je travaillais ensuite jusqu'à onze heures environ, puis je mangeais ce que je pouvais avoir; de midi à deux heures, je me couchais pour dormir, à cause de la chaleur accablante; et, dans la soirée, je me remettais à l'ouvrage. Tout mon temps de travail de ce jour-là et du suivant fut employé à me faire une table; car je n'étais alors qu'un triste ouvrier.

Le 5. Je sortis avec mon fusil et mon chien, et je tuai un chat sauvage; sa peau était assez douce, mais sa chair ne valait rien. J'écorchais chaque animal que je tuais et j'en conservais la peau. En revenant le long du rivage, je vis plusieurs espèces d'oiseaux de mer qui m'étaient inconnues; mais je fus étonné et presque effrayé par deux ou trois veaux marins qui, tandis que je les fixais du regard, ne sachant pas trop ce qu'ils étaient, se culbutèrent dans l'eau et m'échappèrent pour cette fois.

Le 6. Après ma promenade du matin, je me mis à travailler de nouveau à ma table, et je l'achevai, non pas à ma fantaisie; mais il ne se passa pas longtemps avant que je fusse en état d'en corriger les défauts.

Le 7. Le ciel commença à se mettre au beau. Les 7, 8, 9, 10 et une partie du 12 – le 11 était un dimanche –, je passai tout mon temps à me fabriquer une chaise et, avec beaucoup de peine, je l'amenai à une forme passable; mais elle ne put jamais me plaire, et même, en la faisant, je la démontai plusieurs fois.

Nota. Je négligeai bientôt l'observation des dimanches; car ayant omis de faire la marque qui les désignait sur mon poteau, j'oubliai quand tombait ce jour.

Le 13. Il fit une pluie qui humecta la terre et me rafraîchit beaucoup; mais elle fut accompagnée d'un coup de tonnerre et d'un éclair qui m'effrayèrent horriblement, à cause de ma poudre. Aussitôt qu'ils furent passés, je résolus de séparer ma provision de poudre en autant de petits paquets que possible, pour la mettre hors de tout danger.

Les 14, 15 et 16. Je passai ces trois jours à faire des boîtes ou de petites caisses carrées, qui pouvaient contenir une livre de poudre ou deux, tout au plus ; et, les ayant emplies, je les mis aussi en sûreté, et aussi éloignées les unes des autres que possible. L'un de ces trois jours, je tuai un gros oiseau qui était bon à manger ; mais je ne sus quel nom lui donner.

Le 17. Je commençai, en ce jour, à creuser le roc derrière ma tente, pour ajouter à mes commodités.

Le 18. En cherchant dans les bois, je trouvai un arbre qui était semblable, ou tout au moins ressemblait beaucoup, à celui qu'au Brésil on appelle bois de fer, à cause de son excessive dureté. J'en coupai une pièce avec une peine extrême et en gâtant presque ma hache ; je n'eus pas moins de difficulté pour l'amener jusque chez moi, car elle était extrêmement lourde.

Le 23. Mon autre travail ayant été interrompu pour la fabrication de ces outils, dès qu'ils furent achevés, je le repris, et, tout en faisant ce que le temps et mes forces me permettaient, je passai dix-huit jours entiers à élargir et à creuser ma grotte, afin qu'elle pût loger mes meubles plus commodément.

LE SAC AUX GRAINS

Décembre.

Le 10. Je commençais alors à regarder ma grotte, ou ma voûte, comme terminée, lorsque tout à coup – sans doute je l'avais faite trop vaste – une grande quantité de terre éboula du haut de l'un des côtés ; j'en fus, en un mot, très épouvanté, et non pas sans raison ; car, si je m'étais trouvé dessous, je n'aurais jamais eu besoin d'un fossoyeur.

Pour réparer cet accident, j'eus énormément de besogne ; il fallut emporter la terre qui s'était détachée ; et, ce qui était encore plus important, il fallut étançonner* la voûte, afin que je pusse être bien sûr qu'il ne s'écroulerait plus rien.

Le 11. Conséquemment, je travaillai à cela et je plaçai deux étais ou poteaux posés à plomb sous le ciel de la grotte, avec deux morceaux de planche mis en croix sur chacun.

Je terminai cet ouvrage le lendemain ; puis, ajoutant encore des étais garnis de couches, au bout d'une semaine environ j'eus mon plafond assuré ; et, comme ces poteaux étaient placés en rang, ils me servirent de cloisons pour distribuer mon logis.

Le 17. À partir de ce jour jusqu'au vingtième, je posai des tablettes et je fichai des clous sur les poteaux pour suspendre tout ce qui pouvait s'accrocher ; je commençai, dès lors, à avoir mon intérieur en assez bon ordre.

Le 20. Je portai tout mon bataclan dans ma grotte ; je me mis à meubler ma maison, et j'assemblai quelques bouts de planche en manière de table de cuisine, pour apprêter mes viandes dessus ; mais les planches commençaient à devenir fort rares par devers moi ; aussi ne fis-je plus aucune autre table.

Le 24. Beaucoup de pluie toute la nuit et tout le jour ; je ne sortis pas.

Le 25. Pluie toute la journée.

Le 26. Point de pluie ; la terre était alors plus fraîche qu'auparavant et plus agréable.

Le 27. Je tuai un chevreau et j'en estropiai un autre qu'alors je pus attraper et amener en laisse à la maison. Dès que je fus arrivé, je liai avec des éclisses l'une de ses jambes qui était cassée.

Nota. J'en pris un tel soin, qu'il survécut, et que sa jambe redevint aussi forte que jamais ; et, comme je le soignai ainsi fort longtemps, il s'apprivoisa et paissait sur la pelouse, devant ma porte, sans chercher aucunement à s'enfuir. Ce fut la première fois que je conçus la pensée de nourrir des animaux privés, pour me fournir d'aliments quand toute ma poudre et tout mon plomb seraient consommés.

Les 28, 29 et 30. Grandes chaleurs et pas de brise ; si bien qu'il ne m'était possible de sortir que sur le soir pour chercher ma subsistance. Je passai ce temps à mettre tous mes effets en ordre dans mon habitation.

Janvier 1660.

Le 1er. Chaleur toujours excessive. Je sortis pourtant de grand matin et sur le tard avec mon fusil, et je me reposai dans le milieu du jour. Ce soir-là, m'étant avancé dans les vallées situées vers le centre de l'île, j'y découvris une grande quantité de boucs, mais très farouches et très difficiles à approcher ; je résolus cependant d'essayer si je ne pourrais pas dresser mon chien à les chasser par devers moi.

Le 2. En conséquence, je sortis le lendemain avec mon chien et je le lançai contre les boucs ; mais je fus désappointé, car tous lui firent face ; et, comme il comprit parfaitement le danger, il ne voulut pas même se risquer près d'eux.

Le 3. Je commençai mon retranchement ou ma muraille ; et, comme j'avais toujours quelque crainte d'être attaqué, je résolus de le faire très épais et très solide.

Nota. Chaque jour j'allais chasser et faire ma ronde dans les bois, à moins que la pluie ne m'en empêchât, et, dans ces promenades, je faisais assez souvent la découverte d'une chose ou d'une autre à mon profit. Je trouvais surtout une sorte de pigeons qui ne nichaient point sur les arbres comme font les ramiers, mais dans des trous de rocher, à la manière des pigeons domestiques. Je pris quelques-uns de leurs petits pour essayer à les nourrir et à les apprivoiser, et j'y réussis. Mais, quand ils furent plus grands, ils s'envolèrent ; le manque de nourriture en fut la principale cause, car je n'avais rien à leur donner. Quoi qu'il en soit, je découvrais fréquemment leurs nids, et j'y prenais leurs pigeonneaux, dont la chair était excellente.

En administrant mon ménage, je m'aperçus qu'il me manquait beaucoup de choses que, de prime abord, je me crus incapable de fabriquer, ce qui, au fait, se vérifia pour quelques-unes : par exemple, je ne pus jamais amener une futaille* au point d'être cerclée. J'avais un petit baril ou deux, comme je l'ai noté plus haut ; mais il fut tout à fait hors de ma portée d'en faire un sur leur modèle, j'employai pourtant plusieurs semaines à cette tentative : je ne sus jamais l'assembler sur ses fonds, ni joindre assez exactement ses douves pour y faire tenir de l'eau ; ainsi, je fus encore obligé de passer outre*.

En second lieu, j'étais dans une grande pénurie de lumière ; sitôt qu'il faisait nuit, ce qui arrivait ordinairement vers sept heures, j'étais forcé de me mettre au lit. Je me ressouvins de la masse de cire vierge dont j'avais fait des chandelles pendant mon aventure d'Afrique ; mais je n'en avais point alors. Mon unique ressource fut donc, quand j'eus tué une chèvre, d'en conserver la graisse, et avec une petite écuelle de terre glaise, que j'avais fait cuire au soleil et dans laquelle je mis une mèche d'étoupe, de me faire une lampe dont la flamme me donna une lueur, mais une lueur moins constante et plus sombre que la clarté d'un flambeau.

Au milieu de tous mes travaux il m'arriva de trouver, en visitant mes bagages, un petit sac qui avait été empli de grains pour la nourriture de la volaille à bord du vaisseau, non pas lors de notre voyage, mais, je le suppose, lors de son précédent retour de Lisbonne. Le peu de grains qui était resté dans le sac avait été tout dévoré par les rats, et je n'y voyais plus que de la bale et de la poussière ; or, ayant besoin de ce sac pour quelque autre usage, j'allai en secouer la bale au pied du rocher, sur un des côtés de mes fortifications.

Quand, au bout d'un mois ou environ, j'aperçus quelques tiges vertes qui sortaient de terre, j'imaginai d'abord que c'étaient quelques plantes que je ne connaissais point ; mais quels furent ma surprise et mon étonnement lorsque, peu de temps après, je vis environ dix ou douze épis d'une orge verte et parfaite, de la même qualité que celle d'Europe, voire que notre orge d'Angleterre.

«Je terminai mon échelle, dont je me servais ainsi : d'abord je montais sur le haut de la palissade...» (page 87)

L'OURAGAN

Comme on peut le croire, je recueillis soigneusement les épis de ces blés dans leur saison, ce qui fut environ à la fin de juin ; et, mettant en réserve jusqu'au moindre grain, je résolus de semer tout ce que j'en avais, dans l'espérance qu'avec le temps j'en récolterais assez pour faire du pain. Quatre années s'écoulèrent avant que je pusse me permettre d'en manger ; encore n'en usai-je qu'avec ménagement, comme je le dirai plus tard en son lieu.

Outre cette orge, il y avait vingt ou trente tiges de riz, que je conservai avec le même soin et dans le même but, c'est-à-dire pour me faire du pain, ou plutôt diverses sortes de mets ; j'avais trouvé le moyen de cuire sans four, bien que plus tard j'en aie fait un.

Mais retournons à mon journal.

Avril.

Le 16. Je terminai mon échelle, dont je me servais ainsi : d'abord je montais sur le haut de la palissade, puis je l'amenais à moi et la replaçais en dedans. Ma demeure me parut alors complète ; car j'y avais assez de place dans l'intérieur, et rien ne pouvait venir à moi du dehors, à moins de passer d'abord par-dessus ma muraille.

Juste le lendemain que cet ouvrage fut achevé, je faillis à voir tous mes travaux renversés d'un seul coup, et à perdre moi-même la vie.

Voici comment : j'étais occupé derrière ma tente, à l'entrée de ma grotte, lorsque je fus horriblement effrayé par une chose vraiment affreuse ; tout à coup la terre s'éboula de la voûte de ma grotte et du flanc de la montagne qui me dominait, et deux des poteaux que j'avais placés dans ma grotte craquèrent effroyablement. De peur d'être englouti, je courus vers mon échelle, et, ne m'y croyant pas encore en sûreté, je passai par-dessus ma muraille, pour échapper à des quartiers de rocher que je m'attendais à voir fondre sur moi.

Sitôt que j'eus posé le pied hors de ma palissade, je reconnus qu'il y avait un épouvantable tremblement de terre. Le sol sur lequel j'étais s'ébranla trois fois à environ huit minutes de distance, et ces trois secousses furent si violentes, qu'elles auraient pu renverser l'édifice le plus solide qui ait jamais été. Un fragment énorme se détacha de la cime d'un rocher situé proche de la mer, à environ un demi-mille de moi, et tomba avec un tel bruit que, de ma vie, je n'en avais entendu de pareil. L'océan même me parut violemment agité. Je pense que les secousses avaient été plus fortes encore sous les flots que dans l'île.

Après que la troisième secousse fut passée et qu'il se fut écoulé quelque temps sans que j'eusse rien senti de nouveau, je commençai à reprendre courage; pourtant, je n'osais pas encore repasser par-dessus ma muraille, de peur d'être enterré tout vif: je demeurais immobile, assis à terre, profondément abattu et désolé, ne sachant que résoudre et que faire. Durant tout ce temps, je n'eus pas une seule pensée sérieuse de religion, si ce n'est cette banale invocation: «Seigneur ayez pitié de moi», qui cessa en même temps que le péril.

Tandis que j'étais dans cette situation, je m'aperçus que le ciel s'obscurcissait et se couvrait de nuages comme s'il allait pleuvoir; bientôt après, le vent se leva par degrés et, en moins d'une demi-heure, un terrible ouragan se déclara. La mer se couvrit tout à coup d'écume, les flots inondèrent le rivage, les arbres se déracinèrent: bref, ce fut une affreuse tempête. Elle dura près de trois heures, ensuite elle alla en diminuant; et, au bout de deux autres heures, tout était rentré dans le calme, et il commença à pleuvoir abondamment.

Cette pluie excessive m'obligea à un nouveau travail, c'est-à-dire à pratiquer une rigole au travers de mes fortifications, pour donner un écoulement aux eaux, qui, sans cela, auraient inondé mon habitation.

Après être resté quelque temps dans ma grotte sans éprouver de nouvelles secousses, je commençai à être un peu plus rassuré ; et, pour ranimer mes sens, qui avaient grand besoin de l'être, j'allai à ma petite provision, et je pris une petite goutte de rhum ; alors, comme toujours, j'en usai très sobrement, sachant bien qu'une fois bu il ne me serait pas possible d'en avoir d'autre.

Mai.

Le 1er. Le matin, en regardant du côté de la mer, à la marée basse, j'aperçus par extraordinaire sur le rivage quelque chose de gros qui ressemblait assez à un tonneau ; quand je m'en fus approché, je vis que c'était un baril et quelques débris du vaisseau qui avaient été jetés sur le rivage par le dernier ouragan.

Portant alors mes regards vers la carcasse du vaisseau, il me sembla qu'elle sortait au-dessus de l'eau plus que de coutume.

J'examinai le baril qui était sur la grève, je reconnus qu'il contenait de la poudre à canon, mais qu'il avait pris l'eau et que cette poudre ne formait plus qu'une masse aussi dure qu'une pierre. Néanmoins, provisoirement, je le roulai plus loin sur le rivage, et je m'avançai sur le sable le plus près possible de la coque du navire, afin de mieux la voir.

Quand je fus descendu tout proche, je trouvai sa position étonnamment changée. Le sable s'était tellement amoncelé près de l'arrière, que là où auparavant une grande étendue d'eau m'empêchait d'approcher à plus d'un quart de mille sans me mettre à la nage, je pouvais marcher jusqu'au vaisseau quand la marée était basse. Je fus d'abord surpris de cela, mais bientôt je conclus que le tremblement de terre devait en être la cause ; et, comme il avait augmenté le bris du vaisseau, chaque jour il venait au rivage quantité de choses que la mer avait détachées, et que les vents et les flots roulaient par degrés jusqu'à terre.

Ma principale affaire, ce jour-là, fut de chercher à pénétrer dans le vaisseau : mais je vis que c'était une chose que je ne devais point espérer, car son intérieur était encombré de sable. Néanmoins, comme j'avais appris à ne désespérer de rien, je résolus d'en arracher par morceaux ce que je pourrais, persuadé que tout ce que j'en tirerais me serait de quelque utilité.

«Je crus alors le temps propice pour faire mes semailles…» (page 115)

Je continuai ce travail jusqu'au 15 juin, en exceptant le temps nécessaire pour me procurer des aliments, que je fixai toujours, durant cette occupation, à la marée haute, afin que je pusse être prêt pour le jusant*. Alors, j'avais assez amassé de charpentes, de planches et de ferrures pour construire un bon bateau, si j'eusse su comment. Je parvins aussi à recueillir, en différentes fois et en différents morceaux, près de cent livres de plomb laminé.

Juin.

Le 16. En descendant sur le rivage, je trouvai un grand chélone, ou tortue de mer, le premier que je vis. C'était assurément pure mauvaise chance, car ils n'étaient pas rares sur cette terre; et s'il m'était arrivé d'être sur le côté opposé de l'île, j'aurais pu en avoir par centaines tous les jours, comme je le fis plus tard; mais peut-être les aurais-je payés assez cher.

Le 17. J'employai ce jour à faire cuire ma tortue: je trouvai dedans soixante œufs, et sa chair me parut la plus agréable et la plus savoureuse que j'eusse goûtée de ma vie, n'ayant eu d'autre viande que celle de chèvre ou d'oiseau depuis que j'avais abordé à cet horrible séjour.

Le 18. Il plut toute la journée, et je ne sortis pas. La pluie me semblait froide, j'étais transi, chose extraordinaire dans cette latitude.

Le 19. J'étais fort mal, et je grelottais comme si le temps eût été froid.

Le 20. Je n'eus pas de repos de toute la nuit, mais la fièvre et de violentes douleurs dans la tête.

Le 21. Je fus très mal, et effrayé presque à la mort par l'appréhension d'être en ma triste situation, malade et sans secours. Je priai Dieu pour la première fois depuis la tourmente essuyée au large de Hull; mais je savais à peine ce que je disais ou pourquoi je le disais: toutes mes pensées étaient confuses.

Le 22. J'étais un peu mieux, mais dans l'affreuse transe de faire une maladie.

Le 23. Je fus derechef fort mal; j'étais glacé et frissonnant, et j'avais une violente migraine.

Le 24. Beaucoup de mieux.

Le 25. Fièvre violente; l'accès, qui me dura sept heures, était alternativement froid et chaud et accompagné de sueurs affaiblissantes.

Le 26. Il y eut du mieux; et, comme je n'avais point de vivres, je pris mon fusil, mais je me sentis très faible.

Cependant, je tuai une chèvre, que je traînai jusque chez moi avec beaucoup de difficulté; j'en grillai quelques morceaux, que je mangeai.

J'aurais désiré les faire bouillir pour avoir du consommé, mais je n'avais point de pot.

Le 27. La fièvre redevint si aiguë, que je restai au lit tout le jour, sans boire ni manger. Je mourais de soif, mais j'étais si affaibli que je n'eus pas la force de me lever pour aller chercher de l'eau. J'invoquai Dieu de nouveau, mais j'étais dans le délire; et quand il fut passé, j'étais si ignorant que je ne savais que dire; seulement j'étais étendu et je criais:

– Seigneur, jette un regard sur moi! Seigneur, aie pitié de moi! Seigneur, fais-moi miséricorde!

Je suppose que je ne fis rien autre chose pendant deux ou trois heures, jusqu'à ce que, l'accès ayant cessé, je m'endormis pour ne me réveiller que fort avant dans la nuit. À mon réveil, je me sentis soulagé, mais faible et excessivement altéré. Néanmoins, comme je n'avais point d'eau dans toute mon habitation, je fus forcé de rester couché jusqu'au matin, et je me rendormis. Dans ce second sommeil, j'eus ce terrible songe:

Il me semblait que j'étais étendu sur la terre, en dehors de ma muraille, à la place où je me trouvais quand, après le tremblement de terre, éclata l'ouragan, et que je voyais un homme qui, d'une nuée épaisse et noire, descendait à terre au milieu d'un tourbillon éclatant de lumière et de feu. Il était de pied en cap resplendissant comme une flamme, tellement que je ne pouvais le fixer du regard. Sa contenance était vraiment effroyable: la dépeindre par des mots serait impossible. Quand il posa le pied sur le sol, la terre me parut s'ébranler, juste comme elle avait fait lors du tremblement, et tout l'air sembla, en mon imagination, sillonné de traits de feu.

À peine était-il descendu sur la terre qu'il s'avança pour me tuer avec une longue pique qu'il tenait à la main ; et, quand il fut parvenu vers une éminence peu éloignée, il me parla, et j'ouïs une voix si terrible qu'il me serait impossible d'exprimer la terreur qui s'empara de moi ; tout ce que je puis dire, c'est que j'entendis ceci : « Puisque toutes ces choses ne t'ont point porté au repentir, tu mourras ! » À ces mots, il me sembla qu'il levait sa lance pour me tuer.

Que nul de ceux qui liront jamais cette relation ne s'attende à ce que je puisse dépeindre les angoisses de mon âme lors de cette terrible vision, qui me fit souffrir même durant mon rêve ; et il ne me serait pas plus possible de rendre l'impression qui resta gravée dans mon esprit après mon réveil, après que j'eus reconnu que ce n'était qu'un songe.

J'avais, hélas ! perdu toute connaissance de Dieu ; ce que je devais aux bonnes instructions de mon père avait été effacé par huit années successives de cette vie licencieuse que mènent les gens de mer, et par la constante et seule fréquentation de tout ce qui était, comme moi, pervers et libertin au plus haut degré.

Mais quand je tombai malade et que l'image des misères de la mort vint peu à peu se placer devant moi, quand mes esprits commencèrent à s'affaisser sous le poids d'un mal violent et que mon corps fut épuisé par l'ardeur de la fièvre, ma conscience, si longtemps endormie, se réveilla ; je me reprochai ma vie passée, dont l'insigne perversité avait provoqué la justice de Dieu à m'infliger des châtiments inouïs et à me traiter d'une façon si cruelle.

Ces réflexions m'oppressèrent dès le deuxième ou le troisième jour de mon indisposition, et dans la violence de la fièvre et des âpres reproches de ma conscience, elles m'arrachèrent quelques paroles qui ressemblaient à une prière adressée à Dieu. Je ne puis dire cependant que ce fut une prière faite avec ferveur et confiance, ce fut plutôt un cri de frayeur et de détresse. Le désordre de mes esprits, mes remords cuisants, l'horreur de mourir dans un si déplorable état et de poignantes appréhensions me faisaient monter des vapeurs au cerveau, et, dans ce trouble de mon âme, je ne savais ce que ma langue articulait ; ce dut être toutefois quelque exclamation comme celle-ci :

– Seigneur ! Quelle misérable créature je suis ! Si je viens à être malade, assurément je mourrai faute de secours ! Seigneur, que deviendrai-je ? (Alors des larmes coulèrent en abondance de mes yeux, et je m'écriai :) Seigneur, viens à mon aide, car je suis dans une grande détresse !

Ce fut la première prière, si je puis l'appeler ainsi, que j'eusse faite depuis plusieurs années.

Mais je retourne à mon journal.

Le 28. Un tant soit peu soulagé par le repos que j'avais pris, et mon accès étant tout à fait passé, je me levai. Quoique je fusse encore plein de l'effroi et de la terreur de mon rêve, je fis réflexion, cependant, que l'accès de fièvre reviendrait le jour suivant, et qu'il fallait en ce moment me procurer de quoi me rafraîchir et me soutenir quand je serais malade.

La première chose que je fis, ce fut de mettre de l'eau dans une grande bouteille carrée et de la placer sur ma table, à portée de mon lit ; puis, pour enlever la crudité et la qualité fiévreuse de l'eau, j'y versai et mêlai environ un quart de pinte de rhum.

À la nuit je fis mon souper de trois œufs de tortue, que je fis cuire sous la cendre, et que je mangeai à la coque, comme on dit. Ce fut là, autant que je puis m'en souvenir, le premier morceau pour lequel je demandai la bénédiction de Dieu depuis qu'il m'avait donné la vie.

Après avoir mangé, j'essayai de me promener. Je n'allai pas loin et je m'assis à terre, contemplant la mer qui s'étendait devant moi, calme et douce. Tandis que j'étais assis là, il me vint à l'esprit ces pensées :

« Qu'est-ce que la terre et la mer dont j'ai vu tant de régions ? D'où cela a-t-il été produit ? Que suis-je moi-même ? Que sont toutes les créatures, sauvages ou policées, humaines ou brutes ? D'où sortons-nous ? Sûrement nous avons tous été faits par quelque secrète puissance qui a formé la terre et l'océan, l'air et les cieux, mais quelle est-elle ? »

J'inférai donc naturellement de ces propositions que c'est Dieu qui a créé tout cela.

« Bien ! Mais si Dieu a fait toutes ces choses, il les guide et les gouverne toutes, ainsi que tout ce qui les concerne ; car l'Être qui a pu engendrer toutes ces choses doit certainement avoir la puissance de les conduire et de les diriger. S'il en est ainsi, rien ne peut arriver dans le grand département de ces œuvres sans sa connaissance ou sans son ordre. Et si rien ne peut arriver sans qu'il le sache, il sait que je suis ici dans une affreuse condition, et si rien n'arrive sans son ordre, il a ordonné que tout ceci m'advînt. »

Il ne se présenta rien à mon esprit qui pût combattre une seule de ces conclusions ; c'est pourquoi je demeurai convaincu que Dieu avait ordonné tout ce qui m'était survenu, et que c'était par sa volonté que j'avais été amené à cette affreuse situation, Dieu seul étant le maître non seulement de mon sort, mais de toutes choses qui se passent dans le monde ; et il s'ensuivit immédiatement cette réflexion :

« Pourquoi Dieu a-t-il agi ainsi envers moi ? Qu'ai-je fait pour être ainsi traité ? »

Alors ma conscience me retint court devant cet examen, comme si j'avais blasphémé, et il me sembla qu'une voix me criait :

« Malheureux ! Tu demandes ce que tu as fait ? Jette un regard en arrière sur ta vie coupable et dissipée, et demande-toi ce que tu n'as pas fait ! Demande pourquoi tu n'as pas été anéanti il y a longtemps ? Pourquoi tu n'as pas été noyé dans la rade de Yarmouth ? Pourquoi tu n'as pas été tué dans le combat lorsque le corsaire de Salé* captura le vaisseau ? Pourquoi tu n'as pas été englouti là, quand tout l'équipage périt, excepté toi ? Et, après cela, te rediras-tu : "Qu'ai-je donc fait ?" »

Ces réflexions me stupéfièrent ; je ne trouvai pas un mot à dire, pas un mot à me répondre.

Triste et pensif, je me relevai, je rebroussai vers ma retraite et je passai par-dessus ma muraille, comme pour aller me coucher ; mais mon esprit était péniblement agité, je n'avais nulle envie de dormir. Je m'assis sur une chaise et j'allumai ma lampe, car il commençait à faire nuit. Comme j'étais alors fortement préoccupé du retour de mon indisposition, il me revint en la pensée que les Brésiliens, dans toutes leurs maladies, ne prennent d'autres remèdes que leur tabac, et que, dans un de mes coffres, j'en avais un bout de rouleau tout à fait préparé et quelque peu de vert non complètement trié.

J'allai à ce coffre, conduit par le Ciel sans doute, car j'y trouvai tout à la fois la guérison de mon corps et de mon âme. Je l'ouvris et j'y trouvai ce que je cherchais : le tabac ; et, comme le peu de livres que j'avais sauvés y étaient aussi renfermés, j'en tirai une des Bibles dont j'ai parlé plus haut et que, jusqu'alors, je n'avais pas ouvertes, soit faute de loisir, soit par indifférence. J'avais donc une Bible, et je l'apportai avec le tabac sur ma table.

Je ne savais quel usage faire de ce tabac, ni s'il était convenable ou contraire à ma maladie ; pourtant, j'en fis plusieurs essais, comme si j'avais décidé qu'il devait être bon d'une façon ou d'une autre. J'en mis d'abord un morceau de feuille dans ma bouche et je le chiquai : cela m'engourdit de suite le cerveau, parce que ce tabac était vert et fort, et que je n'y étais pas très accoutumé. J'en fis ensuite infuser pendant une heure ou deux dans un peu de rhum, pour prendre cette potion en me couchant ; enfin, j'en fis brûler sur un brasier, et je me tins le nez au-dessus aussi près et aussi longtemps que la chaleur et la virulence purent me le permettre ; j'y restai presque jusqu'à suffocation.

Durant ces opérations, je pris la Bible et je commençai à lire; mais j'avais alors la tête trop troublée par le tabac pour supporter une lecture. Seulement, ayant ouvert le livre au hasard, les premières paroles que je rencontrai furent celles-ci:

«Invoque-moi au jour de ton affliction, et je te délivrerai, et tu me glorifieras.»

Ces paroles étaient tout à fait applicables à ma situation ; elles firent quelque impression sur mon esprit au moment où je les lus, moins pourtant qu'elles n'en firent par la suite.

Cependant il se faisait tard, et le tabac m'avait, comme je l'ai dit, tellement appesanti la tête qu'il me prit envie de dormir, de sorte que, laissant ma lampe allumée dans ma grotte de crainte que je n'eusse besoin de quelque chose pendant la nuit, j'allai me mettre au lit ; mais, avant de me coucher, je fis ce que je n'avais fait de ma vie, je m'agenouillai et je priai Dieu d'accomplir pour moi la promesse de me délivrer si je l'invoquais au jour de ma détresse.

Après cette prière brusque et incomplète, je bus le rhum dans lequel j'avais fait tremper le tabac ; mais il en était si chargé et si fort que ce ne fut qu'avec beaucoup de peine que je l'avalai.

Là-dessus, je me mis au lit et je sentis aussitôt cette potion me porter violemment à la tête ; mais je tombai dans un si profond sommeil que je ne m'éveillai que le lendemain vers trois heures de l'après-midi, autant que j'en pus juger par le soleil ; je dirai plus, je suis à peu près d'opinion que je dormis tout le jour, toute la nuit suivante et une partie du surlendemain.

Quoi qu'il en soit, quand je me réveillai, je me trouvai parfaitement rafraîchi, et l'esprit dispos et joyeux. Lorsque je fus levé, je me sentis plus fort que la veille ; mon estomac était mieux, j'avais faim ; bref, je n'eus pas d'accès le lendemain, et je continuai d'aller de mieux en mieux. Ceci se passa le 29.

Le 30. Je sortis avec mon mousquet, mais j'eus le soin de ne point trop m'éloigner. Je tuai un ou deux oiseaux de mer, assez semblables à des oies sauvages ; je les apportai au logis ; mais je ne fus point tenté d'en manger, et je me contentai de quelques œufs de tortue, qui étaient fort bons. Le soir, je réitérai la médecine que je supposais m'avoir fait du bien, je veux dire le tabac infusé dans du rhum.

Juillet.

Le 3. La fièvre me quitta pour tout de bon ; cependant, je ne recouvrai entièrement mes forces que quelques semaines après. Pendant cette convalescence, je réfléchis beaucoup sur cette parole : « Je te délivrerai » ; et l'impossibilité de ma délivrance se grava si avant en mon esprit qu'elle lui défendit tout espoir. Mais, tandis que je me décourageais avec de telles pensées, tout à coup j'avisai que j'étais si préoccupé de la délivrance de ma grande affliction, que je méconnaissais la faveur que je venais de recevoir, et je m'adressai alors moi-même ces questions :

« N'ai-je pas été miraculeusement délivré d'une maladie, de la plus déplorable situation qui puisse être et qui était si épouvantable pour moi ? Quelle attention ai-je fait à cela ? Comment ai-je rempli mes devoirs ? Dieu m'a délivré et je ne l'ai point glorifié ; c'est-à-dire, je n'ai point été reconnaissant, je n'ai point confessé cette délivrance ; comment en attendrais-je une plus grande encore ? »

Ces réflexions pénétrèrent mon cœur ; je me jetai à genoux et je remerciai Dieu à haute voix de m'avoir sauvé de cette maladie.

Le 4. Dans la matinée, je pris la Bible et, commençant par le Nouveau Testament, je m'appliquai sérieusement à sa lecture, et je m'imposai la loi d'y vaquer chaque matin et chaque soir, sans m'astreindre à certain nombre de chapitres, mais en poursuivant aussi longtemps que je le pourrais.

Au bout de quelque temps que j'observais religieusement cette pratique, je sentis mon cœur sincèrement et profondément contrit de la perversité de ma vie passée.

Un jour, lisant la Sainte Écriture, je tombai providentiellement sur ce passage : « Il est exalté prince et sauveur pour donner repentance et pour donner rémission. » Je laissai choir le livre et, élevant mon cœur et mes mains vers le ciel dans une sorte d'extase de joie, je m'écriai :

– Jésus, fils de David, Jésus, toi sublime prince et sauveur, donne-moi repentance !

Ce fut là réellement la première fois de ma vie que je fis une prière ; car je priai alors avec le sentiment de ma misère et avec une espérance toute biblique fondée sur la parole consolante de Dieu, et, dès lors, je conçus l'espoir qu'il m'exaucerait.

Il y avait près de dix mois que j'étais dans cette île infortunée ; toute possibilité d'en sortir semblait m'être ôtée à toujours, et je croyais fermement que jamais créature humaine n'avait mis le pied en ce lieu.

Mon habitation étant alors à mon gré parfaitement mise à couvert, j'avais un grand désir d'entreprendre une exploration plus complète de l'île, et de voir si je ne découvrirais point quelques productions que je ne connaissais point encore.

Ce fut le 15 que je commençai à faire cette visite exacte de mon île. J'allai d'abord à la crique dont j'ai déjà parlé, et où j'avais abordé avec mes radeaux. Quand j'eus fait environ deux milles en la côtoyant, je trouvai que le flot de la marée ne remontait pas plus haut, et que ce n'était plus qu'un petit ruisseau d'eau courante très douce et très bonne. Comme c'était dans la saison sèche, il n'y avait presque point d'eau dans certains endroits, ou au moins point assez pour que le courant fût sensible.

Sur les bords de ce ruisseau, je trouvai plusieurs belles savanes ou prairies unies, douces et couvertes de verdures. Dans leurs parties élevées proches des hautes terres, qui, selon toute apparence, ne devaient jamais être inondées, je découvris une grande quantité de tabacs verts qui jetaient de grandes et fortes tiges. Il y avait là diverses autres plantes que je ne connaissais point et qui, peut-être, avaient des vertus que je ne pouvais imaginer.

Je me mis à chercher le manioc, dont la racine, ou cassave, sert à faire du pain aux Indiens de tout ce climat; il me fut impossible d'en découvrir. Je vis d'énormes plantes d'agave ou d'aloès, mais je n'en connaissais pas encore les propriétés. Je vis aussi quelques cannes à sucre sauvages et, faute de culture, imparfaites. Je me contentai de ces découvertes pour cette fois, et je m'en revins en réfléchissant au moyen par lequel je pourrais m'instruire de la vertu et de la bonté des plantes et des fruits que je découvrirais; mais je n'en vins à aucune conclusion; car j'avais si peu observé pendant mon séjour au Brésil, que je connaissais peu les plantes des champs, ou, du moins, le peu de connaissance que j'en avais acquis ne pouvait alors me servir de rien dans ma détresse.

«Les grappes étaient juste dans leur primeur, bien fournies et bien mûres» (page 109)

VENDANGES

Le lendemain, le 16, je repris le même chemin et, après m'être avancé un peu plus que je n'avais fait la veille, je vis que le ruisseau et les savanes ne s'étendaient pas au-delà et que la campagne commençait à être plus boisée.

Là, je trouvai différents fruits, particulièrement des melons en abondance sur le sol, et des raisins sur les arbres, où les vignes s'étaient entrelacées ; les grappes étaient juste dans leur primeur, bien fournies et bien mûres. C'était là une surprenante découverte, j'en fus excessivement content. Je trouvai moyen d'en faire un excellent usage en les faisant sécher et passer au soleil comme des raisins de garde ; je pensai que, de cette manière, ce serait un manger aussi sain qu'agréable pour la saison où je n'en pourrais avoir de frais : mon espérance ne fut point trompée.

Je passai là tout l'après-midi et je ne retournai point à mon habitation ; ce fut la première fois que je puis dire avoir couché hors de chez moi. À la nuit, j'eus recours à ma première ressource : je montai sur un arbre, où je dormis parfaitement. Le lendemain au matin, poursuivant mon exploration, je fis près de quatre milles, autant que j'en pus juger par l'étendue de la vallée, et je me dirigeai toujours droit au nord, ayant des chaînes de collines au nord et au sud de moi.

Au bout de cette marche, je trouvai un pays découvert qui semblait porter sa pente vers l'ouest ; une petite source d'eau fraîche, sortant du flanc d'un monticule voisin, courait à l'opposite, c'est-à-dire droit à l'est. Toute cette contrée paraissait si tempérée, si verte, si fleurie, et tout y était si bien dans la primeur du printemps qu'on l'aurait prise pour un jardin artificiel.

Je descendis un peu sur le coteau de cette délicieuse vallée, la contemplant et songeant, avec une sorte de plaisir secret – quoique mêlé de pensées affligeantes – que tout cela était mon bien, et que j'étais roi et seigneur absolu de cette terre, que j'y avais droit de possession, et que je pouvais la transmettre comme si je l'avais eue en héritance, aussi incontestablement qu'un lord d'Angleterre son manoir.

J'y vis une grande quantité de cacaoyers, d'orangers, de limoniers et de citronniers, tous sauvages, portant peu de fruits, du moins dans cette saison. Cependant, les cédrats verts que je cueillis étaient non seulement fort agréables à manger, mais très sains ; et, dans la suite, j'en mêlai le jus avec de l'eau, ce qui la rendait salubre, très froide et très rafraîchissante.

Je trouvai alors que j'avais une assez belle besogne pour cueillir ces fruits et les transporter chez moi ; car j'avais résolu de faire une provision de raisins, de cédrats et de limons pour la saison pluvieuse, que je savais approcher.

À cet effet, je fis d'abord un grand monceau de raisins, puis un moindre, puis un gros tas de citrons et de limons, et je me mis en route pour ma demeure, bien résolu de revenir avec un sac, ou n'importe ce que je pourrais fabriquer, pour transporter le reste à la maison.

Le jour suivant, qui était le 19, ayant fait deux sacs, je retournai chercher ma récolte ; mais en arrivant à mon amas de raisins, qui étaient si beaux et si alléchants quand je les avais cueillis, je fus surpris de les voir tout éparpillés, foulés, traînés çà et là, et dévorés en grande partie. J'en conclus qu'il y avait dans le voisinage quelques créatures sauvages qui avaient fait ce dégât ; mais quelles créatures étaient-ce ? Je l'ignorais.

Quoi qu'il en soit, je cueillis une grande quantité de grappes, et je les suspendis à l'extrémité des branches des arbres pour les faire sécher au soleil ; mais quant aux cédrats et aux limons, j'en emportai ma charge.

À mon retour de ce voyage, je contemplai avec un grand plaisir la fécondité de cette vallée, les charmes de sa situation à l'abri des vents de mer, et les bois qui l'ombrageaient : j'étais si enamouré de ce lieu que j'y passai presque tout le reste du mois de juillet, et je m'y construisis une sorte de tonnelle, que j'entourai à distance d'une forte enceinte formée d'une double haie, aussi haute que je pouvais atteindre, bien palissadée et bien fourrée de broussailles. Là, tranquille, je couchais quelquefois deux ou trois nuits de suite, passant et repassant par-dessus la haie, au moyen d'une échelle, comme je le pratiquais déjà. Dès lors, je me figurai avoir ma maison de campagne et ma maison maritime. Cet ouvrage m'occupa jusqu'au commencement d'août.

Août.

Comme j'achevais mes fortifications et commençais à jouir de mon labeur, les pluies survinrent et m'obligèrent à demeurer à la maison ; car, bien que, dans ma nouvelle habitation, j'eusse fait avec un morceau de voile très bien tendu une tente semblable à l'autre, cependant je n'avais point la protection d'une montagne pour me garder des orages, et derrière moi une grotte pour me retirer quand les pluies étaient excessives.

Vers le 1er de ce mois, j'avais achevé ma tonnelle et commencé à en jouir.

Le 3. Je trouvai les raisins que j'avais suspendus parfaitement secs ; aussi me mis-je à les ôter de dessus les arbres. J'en avais au moins deux cents belles grappes. Je ne les eus pas plus tôt dépendues et transportées en grande partie à ma grotte, qu'il tomba de l'eau.

Depuis le 14, il plut chaque jour plus ou moins jusqu'à la mi-octobre, et quelquefois si violemment que je ne pouvais sortir de ma grotte durant plusieurs jours.

Durant cet emprisonnement, comme je commençais à me trouver à court de vivres, je me hasardai dehors deux fois : la première fois, je tuai un bouc, et la seconde fois, qui était le 26, je trouvai une grosse tortue qui fut pour moi un grand régal.

Mes repas étaient réglés ainsi : à mon déjeuner je mangeais une grappe de raisin, à mon dîner un morceau de chèvre ou de tortue grillé – car, à mon grand chagrin, je n'avais pas de vase pour faire bouillir ou étuver quoi que ce fût. Enfin, deux ou trois œufs de tortue faisaient mon souper.

Pendant que la pluie me tint ainsi claquemuré, je travaillai chaque jour deux ou trois heures à agrandir ma grotte et, peu à peu, dirigeant ma fouille obliquement, je parvins jusqu'au flanc du rocher, où je pratiquai une porte ou une issue qui débouchait un peu au-delà de mon enceinte. Par ce chemin je pouvais entrer et sortir ; toutefois, je n'étais pas très aise de me voir ainsi à découvert.

Dans l'état de chose précédent, je m'estimais parfaitement en sûreté, tandis qu'alors je me croyais fort exposé, et pourtant je n'avais aperçu aucun être vivant qui pût me donner des craintes, car la plus grosse créature que j'eusse encore vue dans l'île était un bouc.

Septembre.

Le 30. J'étais arrivé au triste anniversaire de mon débarquement ; j'additionnai les hoches* de mon poteau, et je trouvai que j'étais sur ce rivage depuis trois cent soixante-cinq jours. Je gardai durant cette journée un jeûne solennel, la consacrant tout entière à des exercices religieux, me prosternant à terre dans la plus profonde humiliation, me confessant à Dieu, reconnaissant la justice de ses jugements sur moi, et l'implorant de me faire miséricorde au nom de Jésus-Christ. Je m'abstins de toute nourriture pendant douze heures, jusqu'au coucher du soleil, après quoi je mangeai un biscuit et une grappe de raisin ; puis, ayant terminé cette journée comme je l'avais commencée, j'allai me mettre au lit.

SOUVENIR D'ENFANCE

Peu de temps après, je m'aperçus que mon encre allait bientôt me manquer ; je me contentai donc d'en user avec un extrême ménagement et de noter seulement les événements les plus remarquables de ma vie, sans continuer un mémorial journalier de toutes choses.

J'ai raconté plus haut que j'avais mis en réserve le peu d'orge et de riz que j'avais cru poussés spontanément et merveilleusement ; il pouvait bien y avoir trente tiges de riz et vingt d'orge. Les pluies étant passées et le soleil entrant en s'éloignant de moi dans sa position méridionale, je crus alors le temps propice pour faire mes semailles.

Je bêchai donc une pièce de terre du mieux que je pus avec ma pelle de bois et, l'ayant divisée en deux portions, je me mis à semer mon grain. Mais, pendant cette opération, il me vint par hasard à la pensée que je ferais bien de ne pas tout semer en une seule fois, ne sachant point si alors le temps était favorable ; je ne risquai donc que les deux tiers de mes grains, réservant à peu près une poignée de chaque sorte. Ce fut plus tard une grande satisfaction pour moi que j'eusse fait ainsi. De tous les grains que j'avais semés pas un seul ne leva ; parce que, les mois suivants étant secs et la terre ne recevant point de pluie, ils manquèrent d'humidité pour leur germination.

Voyant que mes premières semences ne croissaient point et devinant facilement que la sécheresse en était cause, je cherchai un terrain plus humide pour faire un nouvel essai. Je bêchai donc une pièce de terre proche de ma nouvelle tonnelle, et je semai le reste de mon grain en février, un peu avant l'équinoxe du printemps. Ce grain, ayant pour l'humecter les mois pluvieux de mars et d'avril, poussa très agréablement et donna une fort bonne récolte.

Cette expérience m'avait fait passer maître : je savais alors positivement quelle était la saison propre à ensemencer, et que je pouvais faire en une année deux semailles et deux moissons.

Tandis que mon blé croissait, je fis une petite découverte qui me fut très utile par la suite. Aussitôt que les pluies furent passées et que le temps commença à se rassurer, ce qui advint vers le mois de novembre, j'allai faire un tour à ma tonnelle, où, malgré une absence de quelques mois, je trouvai tout absolument comme je l'avais laissé.

Le cercle ou la double haie que j'avais faite était non seulement ferme et entière, mais les pieux que j'avais coupés sur quelques arbres qui s'élevaient dans les environs avaient tous bourgeonné et jeté de grandes branches, comme font ordinairement les saules, qui repoussent la première année après leur étêtement.

Ceci me détermina à couper encore d'autres pieux pour me faire, semblable à celle-ci, une haie en demi-cercle autour de ma muraille, j'entends celle de ma première demeure; j'exécutai donc ce projet et je plantai un double rang de ces arbres ou de ces pieux à la distance de huit verges* de mon ancienne palissade. Ils poussèrent aussitôt et formèrent un beau couvert pour mon habitation; plus tard, ils me servirent aussi de défense, comme je le dirai en son lieu.

J'avais reconnu alors que les saisons de l'année pouvaient en général se diviser, non en été et en hiver, comme en Europe, mais en temps de pluie et de sécheresse, qui généralement se succèdent ainsi:

Moitié de février, mars, moitié d'avril: pluie, le soleil étant dans son proche équinoxe.

Moitié d'avril, mai, juin, juillet, moitié d'août: sécheresse, le soleil étant alors au nord de la ligne.

Moitié d'août, septembre, moitié d'octobre: pluie, le soleil étant revenu.

Moitié d'octobre, novembre, décembre, janvier, moitié de février: sécheresse, le soleil étant au sud de la ligne.

Je restais à la maison autant que possible durant les mois pluvieux. Pendant ce temps, je ne manquais pas de travaux car j'avais grand besoin de bien des choses, dont je ne pouvais me fournir que par un rude labeur et une constante application. Par exemple, j'essayai de plusieurs manières à me tresser un panier; mais les baguettes que je me procurais pour cela étaient si cassantes, que je n'en pouvais rien faire.

Ce fut alors d'un très grand avantage pour moi que, tout enfant, je me fusse plu à m'arrêter chez un vannier de la ville où mon père résidait et à le regarder faire ses ouvrages d'osier. Quelquefois je lui prêtais la main; j'avais donc acquis par ce moyen une connaissance parfaite des procédés du métier: il ne me manquait que des matériaux. Je réfléchis que les rameaux de l'arbre sur lequel j'avais coupé mes pieux pourraient bien être aussi flexibles que le saule, le marsault et l'osier d'Angleterre, et je résolus de m'en assurer.

Conséquemment, le lendemain, j'allai à ma maison de campagne, comme je l'appelais, et, ayant coupé quelques petites branches, je les trouvai aussi convenables que je pouvais le désirer. Muni d'une hache, je revins dans les jours suivants pour en abattre une bonne quantité, que je trouvai sans peine, car il y en avait là en grande abondance. Je les mis en dedans de mon enceinte ou de mes haies pour les faire sécher, et dès qu'elles furent propres à être employées, je les portai dans ma grotte, où, durant la saison suivante, je m'occupai à fabriquer – aussi bien qu'il m'était possible – un grand nombre de corbeilles pour porter de la terre, ou pour transporter ou conserver divers objets dont j'avais besoin. Depuis lors, j'eus l'attention de ne jamais m'en laisser manquer.

Je m'étais occupé tout l'été, ou toute la saison sèche, à planter mes seconds rangs de palis ou de pieux, quand une autre affaire vint me prendre plus de temps que je n'en avais réservé pour mes loisirs.

J'ai dit plus haut que j'avais une grande envie d'explorer toute l'île, que j'avais poussé ma course jusqu'au ruisseau, puis jusqu'au lieu où j'avais construit ma tonnelle et d'où j'avais une belle percée jusqu'à la mer, sur l'autre côté de l'île. Je résolus donc d'aller par la traverse jusqu'à ce rivage ; et, prenant mon mousquet, ma hache, mon chien, une plus grande provision de poudre que de coutume, et garnissant mon havresac de deux biscuits et d'une grosse grappe de raisin, je commençai mon voyage. Quand j'eus traversé la vallée où se trouvait située ma tonnelle, je découvris la mer à l'ouest, et, comme il faisait un temps fort clair, je distinguai parfaitement une terre : était-ce une île ou le continent, je ne pouvais le dire ; elle était très haute et s'étendait fort loin de l'ouest à l'ouest-sud-ouest, et me paraissait ne pas être éloignée de moins de quinze ou vingt lieues.

Mais quelle contrée du monde était-ce ? Tout ce qu'il m'était permis de savoir, c'est qu'elle devait nécessairement faire partie de l'Amérique.

D'après toutes mes observations, je conclus qu'elle confinait aux possessions espagnoles, qu'elle était sans doute toute habitée par des sauvages, et que, si j'y eusse abordé, j'aurais eu à subir un sort pire que n'était le mien.

J'acquiesçai donc aux dispositions de la Providence, qui, je commençais à le reconnaître et à le croire, ordonne chaque chose pour le mieux. C'est ainsi que je tranquillisai mon esprit, bien loin de me tourmenter du vain désir d'aller en ce pays.

En outre, après que j'eus bien réfléchi sur cette découverte, je pensai que, si cette terre faisait partie du littoral espagnol, je verrais infailliblement, une fois ou une autre passer et repasser quelques vaisseaux; et que, si le cas contraire échéait, ce serait une preuve que cette côte faisait partie de celle qui s'étend entre le pays espagnol et le Brésil; côte habitée par la pire espèce des sauvages, car ils sont cannibales, ou mangeurs d'hommes, et ne manquent jamais de massacrer et de dévorer tous ceux qui tombent entre leurs mains.

LA CAGE DE POLL

En faisant ces réflexions, je marchais en avant tout à loisir. Ce côté de l'île me parut beaucoup plus agréable que le mien ; les savanes étaient douces, verdoyantes, émaillées de fleurs et semées de bosquets charmants. Je vis une multitude de perroquets, et il me prit envie d'en attraper un pour le garder, l'apprivoiser et lui apprendre à causer avec moi. Après m'être donné assez de peine, j'en surpris un jeune, je l'abattis d'un coup de bâton, et, l'ayant relevé, je l'emportai à la maison. Plusieurs années s'écoulèrent avant que je pusse le faire parler ; mais, enfin, je lui appris à m'appeler familièrement par mon nom. L'aventure qui en résulta, quoique ce ne soit qu'une bagatelle, pourra fort bien être, en son lieu, très divertissante.

Dans ce voyage, je ne marchais jamais plus de deux milles ou environ par jour ; mais je prenais tant de tours et de détours pour voir si je ne ferais point quelque découverte, que j'arrivais assez fatigué au lieu où je décidais de m'établir pour la nuit. Alors j'allais me loger dans un arbre, ou bien je m'entourais de pieux plantés en terre depuis un arbre jusqu'à un autre, pour que les bêtes farouches ne pussent venir à moi sans m'éveiller.

En atteignant à la rive de la mer, je fus surpris de voir que celle-ci était couverte de tortues, tandis que, sur mon côté, je n'en avais trouvé que trois en un an et demi. Il y avait aussi une foule d'oiseaux de différentes espèces dont quelques-unes m'étaient déjà connues, et pour la plupart fort bons à manger ; mais, parmi ceux-là, je n'en connaissais aucun de nom, excepté ceux qu'on appelle *pingouins*.

J'avoue que ce canton était infiniment plus agréable que le mien, et pourtant il ne me vint pas le moindre désir de déménager. J'étais fixé à mon habitation, je commençais à m'y faire, et, tout le temps que je demeurai par là, il me semblait que j'étais en voyage et loin de ma patrie.

Toutefois, je marchai le long de la côte vers l'est pendant environ douze milles ; puis, alors, je plantai une grande perche sur le rivage pour me servir de point de repère, et je me déterminai à retourner au logis, mais à petites journées, le soleil étant excessivement chaud, et mon fusil, mes munitions, ma hache et tout mon équipement extrêmement lourds.

Mon chien, dans ce trajet, surprit un jeune chevreau et le saisit. J'accourus aussitôt, je m'en emparai et le sauvai vivant de sa gueule. J'avais un très grand désir de l'amener à la maison, s'il était possible ; souvent, j'avais songé aux moyens de prendre un cabri ou deux pour former une race de boucs domestiques qui pourraient fournir à ma nourriture quand ma poudre et mon plomb seraient consommés. Je fis un collier pour cette petite créature et, avec un cordon que je tressai avec du fil de caret que je portais toujours avec moi, je le menai en laisse, non sans difficulté, jusqu'à ce que je fusse arrivé à ma tonnelle, où je l'enfermai et le laissai ; j'étais si impatient de rentrer chez moi après un mois d'absence.

Je ne saurais comment exprimer quelle satisfaction ce fut pour moi de me retrouver dans ma vieille huche* et de me coucher dans mon hamac. Ce petit voyage à l'aventure, sans retraite assurée, m'avait été si désagréable, que ma propre maison me semblait un établissement parfait en comparaison.

Je me reposai une semaine pour me restaurer et me régaler après mon long pèlerinage. La majeure partie de ce temps fut absorbée par une affaire importante, la fabrication d'une cage pour mon Poll, qui commençait alors à être quelqu'un de la maison et à se familiariser parfaitement avec moi. Je me ressouvins enfin de mon pauvre biquet, que j'avais parqué dans mon petit enclos, et je résolus d'aller le chercher et de lui porter quelque nourriture. J'allai couper quelques rameaux aux arbres et quelques branches aux arbrisseaux que je pus trouver, et je les lui jetai. Quand il les eut broutés, je le liai comme j'avais fait auparavant et je l'emmenai. Comme je continuai de le nourrir, il devint si aimant, si gentil, si doux, qu'il fut dès lors un de mes serviteurs, et que, depuis, il ne voulut jamais m'abandonner.

La saison pluvieuse de l'équinoxe automnal était revenue. J'observai l'anniversaire du 30 septembre, jour de mon débarquement dans l'île, avec la même solennité que la première fois. Il y avait alors deux ans que j'étais là, et je n'entrevoyais pas plus ma délivrance que le premier jour de mon arrivée. Je passai cette journée entière à remercier humblement le Ciel de toutes les faveurs merveilleuses dont il avait comblé ma vie solitaire, et sans lesquelles j'aurais été infiniment plus misérable.

Je commençai à sentir profondément combien la vie que je menais, même avec toutes ses circonstances pénibles, était plus heureuse que la maudite et détestable vie que j'avais faite durant toute la portion écoulée de mes jours.

LE GIBET

Ce fut dans cette disposition d'esprit que je commençai ma troisième année; et, quoique je ne veuille point fatiguer le lecteur d'une relation aussi circonstanciée de mes travaux de cette année que de ceux de la première, cependant, il est bon qu'il soit en général remarqué que je demeurais très rarement oisif. Je répartissais régulièrement mon temps entre toutes les occupations quotidiennes que je m'étais imposées. Tels étaient premièrement mes devoirs envers Dieu et la lecture des Saintes Écritures, auxquels je vaquais sans faute, quelquefois même jusqu'à trois fois par jour; secondement, ma promenade avec mon mousquet à la recherche de ma nourriture, ce qui me prenait généralement trois heures de la matinée quand il ne pleuvait pas; troisièmement, l'arrangement, l'apprêt, la conservation et la cuisson de ce que j'avais tué pour ma subsistance. Tout ceci employait en grande partie ma journée. En outre, il doit être considéré que, dans le milieu du jour, lorsque le soleil était à son zénith, la chaleur était trop accablante pour agir: en sorte qu'on doit supposer que, dans l'après-midi, tout mon temps de travail n'était que de quatre heures environ, avec cette variante que parfois je changeais mes heures de travail et de chasse, c'est-à-dire que je travaillais dans la matinée et sortais avec mon mousquet sur le soir.

À cette brièveté du temps fixé pour le travail, veuillez ajouter l'excessive difficulté de ma besogne, et toutes les heures que, par manque d'outils, par manque d'aide et par manque d'habileté, chaque chose que j'entreprenais me faisait perdre. Par exemple, je fus quarante-deux jours entiers à me façonner une planche de tablette dont j'avais besoin dans ma grotte, tandis que deux scieurs avec leurs outils et leurs tréteaux, en une demi-journée, en auraient tiré six d'un seul arbre.

J'étais alors dans les mois de novembre et de décembre, attendant ma récolte d'orge et de riz, quand je m'aperçus tout à coup que j'étais en danger de la voir détruite entièrement par divers ennemis dont il était à peine possible de se garder: d'abord, par les boucs, et ces animaux sauvages que j'ai nommés lièvres, qui, ayant tâté du goût exquis du blé, s'y tapissaient nuit et jour et le broutaient à mesure qu'il poussait, et si près du pied qu'il n'aurait pas eu le temps de monter en épis. Je ne vis d'autre remède à ce mal que d'entourer mon blé d'une haie qui me coûta beaucoup de peines, et d'autant plus que cela requérait célérité, car les animaux ne cessaient point de faire du ravage. Néanmoins, comme ma terre en labour était petite en raison de ma semaille, en trois semaines environ je parvins à la clore totalement. En peu de temps, les ennemis abandonnèrent donc la place, et ma moisson crût belle et bien, et commença bientôt à mûrir.

Mais, si les bêtes avaient ravagé mon blé en herbe, les oiseaux me menacèrent d'une nouvelle ruine quand il fut monté en épis. Un jour que je longeais mon champ pour voir comment cela allait, j'aperçus une multitude d'oiseaux, je ne sais pas de combien de sortes, qui entouraient ma petite moisson et qui semblaient épier l'instant où je partirais. Je me rapprochai de la haie, je fis feu et j'en tuai trois. C'était justement ce que je souhaitais; je les ramassai, je fis d'eux comme on fait des insignes voleurs en Angleterre, je les pendis à un gibet pour la terreur des autres. On n'imaginerait pas quel bon effet cela produisit: non seulement les oiseaux ne revinrent plus dans les blés, mais ils émigrèrent de toute cette partie de l'île, et je n'en vis jamais un seul aux environs tout le temps que pendirent mes épouvantails.

Je fus extrêmement content de cela, comme on peut en avoir l'assurance; et, sur la fin de décembre, qui est le temps de la seconde moisson de l'année, je fis la récolte de mon blé. Le demi-picotin que j'avais semé m'avait produit près de deux boisseaux* de riz et environ deux boisseaux et demi d'orge, autant que je pus en juger, puisque je n'avais alors aucune mesure. Ceci fut pour moi un grand sujet d'encouragement; je pressentis qu'à l'avenir il plairait à Dieu que je ne manquasse pas de pain. Toutefois, je n'étais pas encore hors d'embarras : je ne savais comment moudre ou comment faire de la farine de mon grain, comment le vanner et le bluter* ; ni même, si je parvenais à le mettre en farine, comment je pourrais en faire du pain ; et, enfin, si je parvenais à en faire du pain, comment je pourrais le faire cuire. Toutes ces difficultés me firent prendre la résolution de ne point toucher à cette récolte, de la conserver tout entière pour les semailles de la saison prochaine, et, à cette époque, de consacrer toute mon application et toutes mes heures de travail à accomplir le grand œuvre de me pourvoir de blé et de pain.

C'est alors que je pouvais dire avec vérité que je travaillais pour mon pain. N'est-ce pas chose étonnante, et à laquelle peu de personnes réfléchissent, l'énorme multitude d'objets nécessaires pour entreprendre, produire, soigner, préparer, faire et achever une *parcelle de pain* ?

Il me fallut d'abord préparer un terrain plus grand ; j'avais déjà assez de grains pour ensemencer une acre de terre ; mais, avant que d'entreprendre ceci, je passai au moins une semaine à me fabriquer une bêche, une triste bêche en vérité, et si pesante que mon ouvrage en était une fois plus pénible.

LA POTERIE

Néanmoins, je passai outre*, et j'emblavai* deux pièces de terre plates et unies, aussi proches de ma maison que je le jugeai convenable, et je les entourai d'une bonne clôture dont les pieux étaient faits du même bois que j'avais déjà planté, et qui drageonnait. Je savais qu'au bout d'une année j'aurais une haie vive qui n'exigerait que peu d'entretien. Cet ouvrage ne m'occupa guère moins de trois mois, parce qu'une grande partie de ce temps se trouva dans la saison pluvieuse, qui ne me permettait pas de sortir.

C'est au logis, tandis qu'il pleuvait et que je ne pouvais mettre le pied dehors, que je m'occupai de la matière qui va suivre, observant toutefois que, pendant que j'étais à l'ouvrage, je m'amusais à causer avec mon perroquet et à lui enseigner à parler. Je lui appris promptement à connaître son nom et à dire assez distinctement *Poll*, qui fut le premier mot que j'entendis prononcer dans l'île par une autre bouche que la mienne. Ce n'était point là mon travail, mais cela m'aidait beaucoup à le supporter.

Alors, comme je l'ai dit, j'avais une grande affaire sur les bras. J'avais songé depuis longtemps à n'importe quel moyen de me façonner quelques vases de terre dont j'avais un besoin extrême ; mais je ne savais pas comment y parvenir. Néanmoins, considérant la chaleur du climat, je ne doutais pas que, si je pouvais découvrir de l'argile, je n'arrivasse à fabriquer un pot qui, séché au soleil, serait assez dur et assez fort pour être manié et contenir des choses sèches qui demandent à être gardées ainsi ; et, comme il me fallait des vaisseaux* pour la préparation du blé et de la farine que j'allais avoir, je résolus d'en faire quelques-uns aussi grands que je pourrais, et propres à contenir, comme des jarres, tout ce qu'on voudrait y renfermer.

Je ferais pitié au lecteur, ou plutôt je le ferais rire, si je disais de combien de façons maladroites je m'y pris pour modeler cette glaise ; combien je fis de vases difformes, bizarres et ridicules ; combien il s'en affaissa, combien il s'en renversa, l'argile n'étant pas assez ferme pour supporter son propre poids ; combien, pour les avoir exposés trop tôt, se fêlèrent à l'ardeur du soleil ; combien tombèrent en pièces seulement en les bougeant, soit avant comme soit après qu'il furent secs ; en un mot, comment, après que j'eus travaillé si rudement pour trouver de la glaise, pour l'extraire, l'accommoder, la transporter chez moi et la modeler, je ne pus fabriquer, en deux mois environ, que deux grandes machines de terre grotesques, que je n'ose appeler jarres.

Toutefois, le soleil les ayant bien cuites et bien durcies, je les soulevai très doucement et je les plaçai dans deux grands paniers d'osier que j'avais faits exprès pour qu'elles ne pussent être brisées; et, comme entre le pot et le panier il y avait du vide, je le remplis avec de la paille de riz et d'orge. Je comptais, si ces jarres restaient toujours sèches, y serrer mes grains et peut-être même ma farine, quand ils seraient égrugés*.

Mais tout cela ne répondait point encore à mes fins, qui étaient d'avoir un pot pour contenir un liquide et aller au feu, ce qu'aucun de ceux que j'avais n'aurait pu faire. Au bout de quelque temps, il arriva que, ayant fait un assez grand feu pour rôtir de la viande, au moment où je la retirais étant cuite, je trouvai dans le foyer un tesson d'un de mes pots de terre cuit dur comme une pierre et rouge comme une tuile. Je fus agréablement surpris de voir cela, et je me dis qu'assurément ma poterie pourrait se faire cuire en son entier, puisqu'elle cuisait bien en morceaux.

Cette découverte fit que je m'appliquai à rechercher comment je pourrais disposer mon feu pour y cuire quelques pots. Je n'avais aucune idée du four dont les potiers se servent, ni de leurs vernis, et j'avais pourtant du plomb pour en faire. Je plaçai donc trois grandes cruches et deux ou trois autres pots, en pile les uns sur les autres, sur un gros tas de cendres chaudes, et j'allumai un feu de bois tout à l'entour. J'entretins le feu sur tous les côtés et sur le sommet, jusqu'à ce que j'eusse vu mes pots rouges de part en part et remarqué qu'ils n'étaient point fendus. Je les maintins à ce degré pendant cinq ou six heures environ, au bout desquelles j'en aperçus un qui, sans être fêlé, commençait à fondre et à couler. Le sable, mêlé à la glaise, se liquéfiait par la violence de la chaleur, et se serait vitrifié si j'eusse poursuivi. Je diminuai donc mon brasier graduellement, jusqu'à ce que mes pots perdissent leur couleur rouge. Ayant veillé toute la nuit pour que le feu ne s'abattît point trop promptement, au point du jour je me vis possesseur de trois excellentes... je n'ose pas dire cruches, et deux autres pots aussi bien cuits que je pouvais le désirer.

Jamais joie pour une chose si minime n'égala celle que je ressentis en voyant que j'avais fait un pot qui pourrait supporter le feu ; et à peine eus-je la patience d'attendre qu'il soit tout à fait refroidi pour le remettre sur le feu avec un peu d'eau dedans pour bouillir de la viande, ce qui me réussit admirablement bien.

J'eus un nouvel embarras pour me procurer un mortier de pierre où je pusse piler ou écraser mon grain. Je passai plusieurs jours à chercher une grande pierre assez épaisse pour la creuser et faire un mortier ; mais je n'en trouvai pas, si ce n'est dans de solides rochers, et que je ne pouvais ni tailler ni extraire. Après avoir perdu ainsi beaucoup de temps, je renonçai, et je me déterminai à chercher un grand billot de bois dur, que je trouvai beaucoup plus aisément. Je l'arrondis et je le façonnai à l'extérieur avec ma hache et mon herminette*; ensuite, avec une peine infinie, j'y pratiquai un trou, au moyen du feu, comme font les sauvages du Brésil pour creuser leurs pirogues. Je fis enfin une hie ou grand pilon avec ce bois appelé bois de fer, et je mis de côté ces instruments en attendant ma prochaine récolte, après laquelle je me proposai de moudre mon grain pour faire du pain.

Ma difficulté suivante fut celle de faire un sas, ou blutoir, pour passer ma farine et la séparer du son et de la bale, sans quoi je ne voyais pas possibilité que je pusse avoir du pain; je me ressouvins qu'il y avait parmi les hardes de matelots que j'avais emportées du navire quelques cravates de calicot ou de mousseline. J'en pris plusieurs morceaux et je fis trois petits sas, assez propres à leur usage. Je fus ainsi pourvu pour quelques années.

J'avais ensuite à songer à la boulangerie, et comment je pourrais faire le pain quand je viendrais à avoir du blé; d'abord, je n'avais point de levain. Comme rien ne pouvait suppléer à cette absence, je ne m'en embarrassai pas beaucoup. Quant au four, j'étais vraiment en grande peine.

À la fin, je trouvai l'expédient que voici: je fis quelques vases de terre très larges et peu profonds; je les cuisis dans le feu, comme j'avais fait des autres, et je les mis ensuite à part. Quand j'avais besoin de cuire, j'allumais d'abord un grand feu sur mon âtre, qui était pavé de briques carrées de ma propre fabrique.

Quand le feu de bois était à peu près tombé en cendres et en charbons ardents, je les éparpillais sur l'âtre, de façon à le couvrir entièrement, et je les y laissais jusqu'à ce qu'il fût très chaud. Alors j'en balayais toutes les cendres, je posais ma miche ou mes miches que je couvrais d'une jatte de terre autour de laquelle je relevais les cendres pour conserver et augmenter la chaleur. De cette manière, aussi bien que dans le meilleur four du monde, je cuisais mes pains d'orge et devins en très peu de temps un vrai pâtissier; car je fis des gâteaux de riz et des *poudings*.

On ne s'étonnera point de ce que toutes ces choses me prirent une grande partie de la troisième année de mon séjour dans l'île, si l'on considère que, dans l'intervalle de toutes ces choses, j'eus à faire mon labourage et une nouvelle moisson. En effet, je récoltai mon blé dans sa saison, je le transportai au logis du mieux que je pouvais, et je le conservai en épis dans une grande manne jusqu'à ce que j'eusse le temps de l'égrainer, puisque je n'avais ni aire ni fléau pour le battre.

LA PIROGUE

Tandis que toutes ces choses se faisaient, mes pensées, comme on peut le croire, se reportèrent plusieurs fois sur la découverte de la terre que j'avais aperçue de l'autre côté de l'île. Je n'étais pas sans quelques désirs secrets d'aller sur ce rivage, imaginant que je voyais la terre ferme et une contrée habitée d'où je pourrais, d'une façon ou d'une autre, me transporter plus loin et, peut-être, trouver enfin quelques moyens de salut.

Cela m'amena à penser s'il ne serait pas possible de me construire, seul et sans outils, avec le tronc d'un grand arbre, une pirogue toute semblable à celles que font les naturels de ces climats. Je reconnus que c'était non seulement faisable, mais aisé. Ce projet me souriait infiniment, avec l'idée surtout que j'avais en main plus de ressources pour l'exécuter qu'aucun Nègre ou Indien ; mais je ne considérais nullement les inconvénients particuliers qui me plaçaient au-dessous d'eux ; par exemple, le manque d'aide pour mettre ma pirogue à la mer quand elle serait achevée, obstacle beaucoup plus difficile à surmonter pour moi que toutes les conséquences du manque d'outils ne pouvaient l'être pour les Indiens.

J'entrepris ce bateau plus follement que ne fit jamais homme ayant ses sens éveillés.

Je me mis à l'œuvre et j'abattis un cèdre. Ce ne fut pas sans un travail infini que je jetai par terre cet arbre; car je fus vingt jours à le hacher et le tailler au pied, et, avec une peine indicible, quatorze jours à séparer à coups de hache sa tête vaste et touffue. Je passai un mois à le façonner, à le mettre en proportion et à lui faire une espèce de carène semblable à celle d'un bateau, afin qu'il pût flotter droit sur sa quille et convenablement.

Il me fallut ensuite près de trois mois pour évider l'intérieur et le travailler de façon à en faire une parfaite embarcation. En vérité, je vins à bout de cette opération sans employer le feu, seulement avec un maillet et un ciseau, et l'ardeur d'un rude travail qui ne me quitta pas jusqu'à ce que j'en eusse fait une belle pirogue assez grande pour recevoir vingt-six hommes et, par conséquent, bien assez grande pour me transporter moi et toute ma cargaison. Quand j'eus achevé cet ouvrage, j'en ressentis une joie extrême: au fait, c'était la plus grande pirogue d'une seule pièce que j'eusse vue de ma vie. Mais, vous le savez, que de rudes coups ne m'avait-elle pas coûtés! Il ne me restait plus qu'à la lancer à la mer.

Mais tous mes expédients pour l'amener jusqu'à l'eau avortèrent, bien qu'ils m'eussent aussi coûté un travail infini et qu'elle ne fût éloignée de la mer que de cent verges* tout au plus.

J'en fus vraiment navré et je compris alors, mais trop tard, quelle folie c'était d'entreprendre un ouvrage avant d'en avoir calculé les frais et d'avoir bien jugé si nos propres forces pourraient le mener à bonne fin.

Au milieu de cette besogne, je finis ma quatrième année dans l'île, et j'en célébrai l'anniversaire avec la même dévotion et tout autant de satisfaction que les années précédentes.

« Sur la fin de décembre, qui est le temps de la seconde moisson de l'année, je fis la récolte de mon blé » (page 127)

RÉDACTION DU JOURNAL

J'avais alors amené mon état de vie à être en soi beaucoup plus heureux qu'il ne l'avait été premièrement, et beaucoup plus heureux pour mon esprit et pour mon corps. Souvent, je m'asseyais pour mon repas avec reconnaissance et j'admirais la main de la divine Providence qui m'avait ainsi dressé une table dans le désert. Je m'étudiais à regarder plutôt le côté brillant de ma condition que le côté sombre et à considérer ce dont je jouissais plutôt que ce dont je manquais. J'appuie ici sur ce fait pour le bien inculquer dans l'esprit de ces gens mécontents qui ne peuvent jouir confortablement des biens que Dieu leur a donnés, parce qu'ils tournent leurs regards et leur convoitise vers des choses qu'il ne leur a point départies. Tous nos tourments sur ce qui nous manque me semblent procéder du défaut de gratitude pour ce que nous avons.

Il y avait déjà si longtemps que j'étais dans l'île, que bien des choses que j'y avais apportées pour mon soulagement étaient ou entièrement finies, ou très usées et proches d'être consommées.

Mon encre, comme je l'ai dit plus haut, tirait à sa fin depuis quelque temps, il ne m'en restait que très peu, que, de temps à autre, j'augmentais avec de l'eau, jusqu'à ce qu'elle devînt si pâle qu'à peine laissait-elle quelque apparence de noir sur le papier.

Tant qu'elle dura, j'en fis usage pour noter les jours du mois où quelque chose de remarquable m'arrivait.

La première chose consommée après mon encre fut le pain, je veux dire le biscuit que j'avais tiré du navire. Je l'avais ménagé avec une extrême réserve, ne m'allouant qu'une seule galette par jour durant à peu près une année. Néanmoins, je fus un an entier sans pain avant que d'avoir du blé de mon cru. Et grande raison j'avais d'être reconnaissant d'en avoir, sa venue étant, comme on l'a vu, presque miraculeuse.

Mes habits aussi commençaient à s'user; quant au linge, je n'en avais plus depuis longtemps, excepté quelques chemises rayées que j'avais trouvées dans les coffres des matelots et que je conservais soigneusement, parce que, souvent, je ne pouvais endurer d'autres vêtements qu'une chemise.

SÉJOUR SUR LA COLLINE

J'avais usé toutes mes vestes: il me fallait alors essayer à me fabriquer des jaquettes avec de grandes houppelandes et les autres effets semblables que je pouvais avoir. Je me mis donc à faire le métier de tailleur, ou plutôt de ravaudeur, car je faisais de la piteuse besogne. Néanmoins, je vins à bout de bâtir deux ou trois casaques, dont j'espérais me servir longtemps. Quant aux caleçons, ou hauts-de-chausses, je les fis d'une façon vraiment pitoyable.

J'ai noté que je conservais les peaux de tous les animaux que je tuais, des bêtes à quatre pieds, veux-je dire. Comme je les étendais au soleil sur des bâtons, quelques-unes étaient devenues si sèches et si dures qu'elles n'étaient bonnes à rien; mais d'autres me furent réellement très profitables. La première chose que je fis de ces peaux fut un grand bonnet, avec le poil tourné en dehors pour rejeter la pluie; et je m'en acquittai si bien qu'aussitôt après j'entrepris un habillement tout entier, c'est-à-dire une casaque et des hauts-de-chausses ouverts aux genoux, le tout fort lâche, car ces vêtements devaient me servir plutôt contre la chaleur que contre le froid. Je dois avouer qu'ils étaient très méchamment faits; néanmoins, ils me furent d'un fort bon usage; et quand j'étais en course, s'il venait à pleuvoir, le poil de ma casaque et de mon bonnet étant extérieur, j'étais parfaitement garanti.

J'employai ensuite beaucoup de temps et de peines à me fabriquer un parasol, dont véritablement j'avais grand besoin et grande envie. J'en avais vu faire au Brésil, où ils sont d'une très grande utilité dans les chaleurs excessives qui s'y font sentir, et celles que je ressentais en mon île étaient pour le moins tout aussi fortes, puisqu'elle est plus proche de l'équateur. La principale difficulté fut de le rendre fermant; car si j'eusse pu l'étendre et n'eusse pu le ployer, il m'aurait toujours fallu le porter au-dessus de ma tête, ce qui eût été impraticable. Enfin, ainsi que je le disais, j'en fis un qui m'agréait assez; je le couvris de peau, le poil en dehors, de sorte qu'il rejetait la pluie comme un auvent et repoussait si bien le soleil, que je pouvais marcher dans le temps le plus chaud avec plus d'agrément que je ne le faisais auparavant dans le temps le plus frais. Quand je n'en avais pas besoin, je le fermais et le portais sous mon bras.

Je vivais ainsi très confortablement; mon esprit s'était calmé en se résignant à la volonté de Dieu, et je m'abandonnais entièrement aux dispositions de sa providence. Je ne saurais dire qu'après ceci, durant cinq années, rien d'extraordinaire me soit advenu. Ma vie suivit le même cours dans la même situation et dans les mêmes lieux qu'auparavant. Outre la culture annuelle de mon orge et de mon riz et la récolte de mes raisins – je gardais de l'un et de l'autre toujours assez pour avoir devant moi une provision d'un an –, outre ce travail annuel, dis-je, et mes sorties journalières avec mon fusil, j'eus une occupation principale, la construction d'une pirogue qu'enfin je terminai, et que, par un canal que je creusai large de six pieds et profond de quatre, j'amenai dans la crique, éloignée d'un demi-mille environ. Je fus à peu près deux ans à ce travail, dont je ne me plaignis jamais, soutenu par l'espérance d'avoir une barque et de pouvoir enfin gagner la haute mer.

Cependant, quand ma petite pirogue fut terminée, sa dimension ne répondit point du tout au dessein que j'avais eu en vue en entreprenant la première, c'est-à-dire de gagner la terre ferme, éloignée d'environ quarante milles. La petitesse de mon embarcation mit fin à ce projet, et je n'y pensai plus ; mais je résolus de faire le tour de l'île.

Dans ce dessein, et pour que je pusse opérer plus sûrement et plus régulièrement, j'adaptai un petit mât à ma pirogue et je fis une voile de quelques pièces de celles du navire mises en magasin et que j'avais en grande quantité par devers moi.

À la poupe, je plaçais mon parasol, fiché dans une carlingue comme un mât, pour me défendre de l'ardeur du soleil et me servir de tendelet*; équipé de la sorte, je faisais de temps en temps une promenade sur mer, mais je n'allais pas loin et ne m'éloignais pas de la crique. Enfin, impatient de connaître la circonférence de mon petit royaume, je me décidai à faire ce voyage et j'avitaillai ma pirogue en conséquence. J'y embarquai deux douzaines de mes pains d'orge – que je devrais plutôt appeler des gâteaux –, un pot de terre empli de riz sec, dont je faisais une grande consommation, une petite bouteille de rhum, une moitié de chèvre, de la poudre et du plomb pour m'en procurer davantage, et deux grandes houppelandes, de celles que j'avais trouvées dans les coffres des matelots. Je les pris, l'une pour me coucher dessus et l'autre pour me couvrir pendant la nuit.

Ce fut le 6 novembre, l'an sixième de mon règne ou de ma captivité, comme il vous plaira, que je me mis en route pour ce voyage qui fut beaucoup plus long que je ne m'y étais attendu; car, bien que l'île elle-même ne fût pas très large, quand je parvins à sa côte orientale, je trouvai un grand récif de rochers s'étendant à deux lieues en mer, les uns au-dessus, les autres en dessous l'eau, et par-delà un banc de sable à sec qui se prolongeait à plus d'une demi-lieue. Quand je découvris ce récif, je fus sur le point de renoncer à mon entreprise et de rebrousser chemin, ne sachant pas de combien il faudrait m'avancer au large et, pardessus tout, comment je pourrais revenir. Je jetai donc l'ancre, car je m'en étais fait une avec un morceau de grappin brisé que j'avais tiré du navire. Ayant mis en sûreté ma pirogue, je pris mon mousquet, j'allai à terre et je gravis une colline qui semblait commander ce cap.

En examinant la mer du haut de cette éminence, j'aperçus un rapide, je dirai même un furieux courant qui portait à l'est et qui serrait la pointe. J'en pris une ample connaissance, parce qu'il me semblait y avoir quelque péril, et qu'y étant une fois tombé, entraîné par sa violence, je ne pourrais plus regagner mon île. Je reconnus aussi qu'il y avait un violent remous[1] sous la terre. Je n'avais donc rien autre à faire qu'à éviter le premier courant, pour me trouver aussitôt dans un remous.

Je séjournai cependant deux jours sur cette colline, parce que le vent, qui soufflait assez fort est-sud-est, contrariait le courant et formait de violents brisants contre le cap. Il n'était donc sûr pour moi ni de côtoyer le rivage à cause du ressac, ni de gagner le large à cause du courant.

1. « Remous » doit s'entendre ici au sens de « contre-courant », qui s'oppose au courant furieux dont Robinson redoute qu'il ne l'emporte au large. Ce remous lui permettrait de franchir le récif tout en serrant la côte. (*N.d.É.*)

Le troisième jour, au matin, le vent s'étant abattu durant la nuit, la mer étant calme, je m'aventurai. Que ceci soit une leçon pour les pilotes ignorants et téméraires ! À peine eus-je atteint le cap – je n'étais pas éloigné de la terre de la longueur de mon embarcation – que je me trouvai dans des eaux profondes et dans un courant rapide comme l'écluse d'un moulin. Il drossa* ma pirogue avec une telle violence, que tout ce que je pus faire ne put la retenir près du rivage, et, de plus en plus, il m'emporta loin du remous, que je laissai à ma gauche.

POOR ROBIN CRUSOE, WHERE ARE YOU?

Il serait à peine possible d'imaginer quelle était ma consternation en me voyant loin de mon île bien-aimée, telle elle m'apparaissait alors, emporté au milieu du vaste océan. J'en étais éloigné de plus de deux lieues et je désespérais à tout jamais de la revoir. Cependant, je travaillai toujours rudement, jusqu'à ce que mes forces fussent à peu près épuisées, dirigeant du mieux que je pouvais ma pirogue vers le nord, c'est-à-dire au côté nord du courant où se trouvait le remous.

Dans le milieu de la journée, lorsque le soleil passa au méridien, je crus sentir sur mon visage une brise légère venant du sud-sud-est. Cela me remit un peu de courage au cœur, surtout quand, au bout d'une demi-heure environ, il s'éleva un joli frais. Je redressai mon mât, j'aplestai* ma voile et portai le cap au nord, autant que possible, pour sortir du courant.

À peine avais-je dressé mon mât et ma voile, à peine la pirogue commençait-elle à forcer au plus près, que je m'aperçus par la limpidité de l'eau que quelque changement allait survenir dans le courant, car l'eau était trouble dans les endroits les plus violents. En remarquant la clarté de l'eau, je sentis le courant qui s'affaiblissait et, au même instant, je vis à l'est, à un demi-mille environ, la mer qui déferlait contre les roches. Ces roches partageaient le courant en deux parties. La plus grande courait encore au sud, laissant les roches au nord-est ; tandis que l'autre, repoussée par l'écueil, formait un remous rapide qui portait avec force vers le nord-ouest.

Ceux qui savent ce que c'est que d'être sauvé de la main des brigands juste au moment d'être égorgé, ou qui se sont trouvés en d'équivalentes extrémités, ceux-là seulement peuvent concevoir ce que fut alors ma surprise de joie, avec quel empressement je plaçai ma pirogue dans la direction de ce remous, avec quelle hâte, la brise fraîchissant, je lui tendis ma voile et courus joyeusement vent arrière, drossé* par un reflux impétueux.

Dès que je fus à terre, je tombai à genoux, je remerciai Dieu de ma délivrance, résolu d'abandonner toutes pensées de fuite sur ma pirogue ; et, après m'être rafraîchi avec ce que j'avais de provisions, je la halai tout contre le bord, dans une petite anse que j'avais découverte sous quelques arbres, et me mis à sommeiller, épuisé par le travail et la fatigue du voyage.

Je me déterminai, mais seulement dans la matinée, à longer le rivage du côté du couchant, pour chercher une crique où je pourrais mettre ma frégate en sûreté, afin de la retrouver si je venais à en avoir besoin. Ayant côtoyé la terre pendant trois milles ou environ, je découvris pour mon embarcation un excellent port, où elle était comme dans une darse qui eût été faite tout exprès pour elle. Je l'y plaçai, et l'ayant parfaitement abritée, je mis pied à terre pour regarder autour de moi et voir où j'étais.

Je reconnus bientôt que j'avais quelque peu dépassé le lieu où j'étais allé lors de mon voyage à pied sur ce rivage ; et, ne retirant de ma pirogue que mon mousquet et mon parasol, car il faisait excessivement chaud, je me mis en marche. La route était assez agréable après le trajet que je venais de faire et j'atteignis sur le soir mon ancienne tonnelle, où je trouvai chaque chose comme je l'avais laissée.

Je passai par-dessus la palissade et je me couchai à l'ombre pour reposer mes membres. J'étais harassé, je m'endormis bientôt. Mais jugez si vous le pouvez, vous qui lisez mon histoire, quelle dut être ma surprise quand je fus arraché à mon sommeil par une voix qui m'appela plusieurs fois par mon nom :

– Robin, Robin, Robinson Crusoé, pauvre Robinson Crusoé ! Où êtes-vous, Robinson Crusoé ? Où êtes-vous ? Où êtes-vous allé ?

À peine eus-je ouvert les yeux que je vis mon Poll perché sur la cime de la haie, et reconnus aussitôt que c'était lui qui me parlait. Car c'était justement le langage lamentable que j'avais coutume de lui tenir et de lui apprendre.

J'étais étonné que cet animal fût venu là et je cherchais quand et comment il y était venu, plutôt qu'ailleurs. Lorsque je fus bien assuré que ce n'était personne d'autre que mon fidèle Poll, je lui tendis la main, je l'appelai par son nom ; et l'aimable oiseau vint à moi, se posa sur mon pouce, comme il avait habitude de faire, et continua de me dire : « Pauvre Robinson Crusoé, comment êtes-vous venu là ? où êtes-vous allé ? », juste comme s'il eût été enchanté de me revoir ; et je l'emportai ainsi avec moi au logis.

J'avais alors pour quelque temps tout mon content de courses sur mer. Je me résignai à me passer de ma pirogue, quoiqu'elle fût le produit de tant de mois de travail pour la faire et de tant de mois pour la lancer.

Dans cette sagesse d'esprit, je vécus près d'un an d'une vie retirée et sédentaire, comme on peut bien se l'imaginer. Mes pensées étant parfaitement accommodées à ma condition, et m'étant tout à fait consolé en m'abandonnant aux dispensations de la Providence, sauf l'absence de société, je pensais mener une vie réellement heureuse en tous points.

Durant cet intervalle, je me perfectionnai dans tous les travaux mécaniques auxquels mes besoins me forçaient de m'appliquer, et je serais porté à croire, considérant surtout combien j'avais peu d'outils, que j'aurais pu faire un très bon charpentier.

Mais jamais je ne fus plus glorieux, je pense, de mon propre ouvrage, plus joyeux de quelque découverte, que lorsque je parvins à me façonner une pipe. Quoique fort laide, fort grossière et en terre cuite rouge comme mes autres poteries, elle était cependant ferme et dure, et aspirait très bien, ce dont j'éprouvai une excessive satisfaction, car j'avais toujours eu l'habitude de fumer.

Je fis aussi de grands progrès en vannerie ; je tressai, aussi bien que mon invention me le permettait, une multitude de corbeilles nécessaires, qui, bien qu'elles ne fussent pas fort élégantes, ne laissaient pas de m'être fort commodes pour entreposer bien des choses et en transporter d'autres à la maison. De grandes et profondes corbeilles me servaient de granges pour mon blé, que j'égrainais et vannais toujours aussitôt qu'il était sec, et de grandes mannes me servaient de grainiers.

« Poll, comme s'il eût été mon favori, avait seul la permission de me parler… » (page 156)

ROBINSON ET SA COUR

J'étais alors dans la onzième année de ma résidence, et, comme je l'ai dit, mes munitions commençaient à baisser: je m'appliquai à inventer quelque stratagème pour traquer et empiéger des chèvres, et pour voir si je ne pourrais pas en attraper quelques-unes vivantes. J'avais besoin, pardessus tout, d'une grande bique avec son cabri. À cet effet, je fis des traquenards pour les happer: elles s'y prirent plus d'une fois, sans doute; mais, comme les garnitures n'en étaient pas bonnes – je n'avais point de fil d'archal* –, je les trouvai toujours rompues et mes amorces mangées.

Finalement, une nuit, je dressai trois trappes et, le lendemain matin, je les retrouvai toutes tendues, bien que les amorces fussent mangées. C'était vraiment décourageant. Néanmoins, je changeai mon système de trappe; et, pour ne point vous fatiguer par trop de détails, un matin, allant visiter mes pièges, je trouvai dans l'un d'eux un vieux bouc énorme, et dans un autre trois chevreaux, un mâle et deux femelles.

Quant au vieux bouc, je n'en savais que faire: il était si farouche que je n'osais descendre dans sa fosse pour tâcher de l'emmener en vie, ce que pourtant je désirais beaucoup. J'aurais pu le tuer, mais cela n'était point mon affaire et ne répondait point à mes vues. Je le tirai donc à moitié dehors, et il s'enfuit comme s'il eût été fou d'épouvante.

Puis j'allai aux trois chevreaux et, les prenant un à un, je les attachai ensemble avec des cordons et les amenai au logis, non sans beaucoup de peine. Il se passa un temps assez long avant qu'ils voulussent manger; mais le bon grain que je leur jetais les tenta, et ils commencèrent à se familiariser. Je reconnus alors que, pour me nourrir de la viande de chèvre, quand je n'aurais plus ni poudre ni plomb, il me fallait faire multiplier des chèvres apprivoisées et que, par ce moyen, je pourrais en avoir un troupeau autour de ma maison.

Mon premier soin fut de chercher une pièce de terre convenable, c'est-à-dire où il y eût de l'herbage pour leur pâture, de l'eau pour les abreuver et de l'ombre pour les garder du soleil.

Je commençai la clôture de ce terrain de telle manière que ma haie ou ma palissade aurait eu au moins deux milles de circonférence. Je n'avais pas considéré que mes chèvres seraient tout aussi sauvages dans un si vaste enclos, que si elles eussent été en liberté dans l'île, et que, dans un si grand espace, je ne pourrais les attraper.

Ma haie était commencée, et il y en avait bien cinquante verges* d'achevées lorsque cette pensée me vint. Je m'arrêtai aussitôt et je résolus de n'enclore que cent cinquante verges en longueur et cent verges en largeur, espace suffisant pour contenir tout autant de chèvres que je pourrais en avoir pendant un temps raisonnable, étant toujours à même d'agrandir mon parc suivant que mon troupeau s'accroîtrait.

C'était agir avec prudence, et je me mis à l'œuvre avec courage. Je fus trois mois environ à entourer cette première pièce. Jusqu'à ce que ce fût achevé, je fis paître les trois chevreaux, avec des entraves aux pieds, dans le meilleur pacage et aussi près de moi que possible, pour les rendre familiers. Très souvent, je leur portais quelques épis d'orge et une poignée de riz, qu'ils mangeaient dans ma main. Si bien qu'après l'achèvement de mon enclos, lorsque je les eus débarrassés de leurs liens, ils me suivaient partout, bêlant après moi pour avoir une poignée de grains.

Ceci répondit à mon dessein et, au bout d'un an et demi environ, j'eus un troupeau de douze têtes : boucs, chèvres et chevreaux ; et deux ans après, j'en eus quarante-trois, quoique j'en eusse pris et tué plusieurs pour ma nourriture. J'entourai ensuite cinq autres pièces de terre à leur usage, y pratiquant de petits parcs où je les faisais entrer pour les prendre quand j'en avais besoin, et des portes pour communiquer d'un enclos à l'autre.

Ce ne fut pas tout ; car alors j'eus à manger quand bon me semblait, non seulement la viande de mes chèvres, mais leur lait, chose à laquelle je n'avais pas songé dans le commencement et qui, lorsqu'elle me vint à l'esprit, me causa une joie vraiment inopinée. J'établis aussitôt ma laiterie et, quelquefois, en une journée, j'obtins jusqu'à deux gallons de lait. La nature, qui donne aux créatures les aliments qui leur sont nécessaires, leur suggère en même temps les moyens d'en faire usage. Ainsi, moi qui n'avais jamais trait une vache, encore moins une chèvre, qui n'avais jamais vu faire ni beurre ni fromage, je parvins, après, il est vrai, beaucoup d'essais infructueux, à faire très promptement et très adroitement et du beurre et du fromage, et, depuis, je n'en eus jamais faute.

Un stoïcien eût souri de me voir assis à dîner au milieu de ma petite famille. Là régnait ma Majesté le Prince et Seigneur de toute l'île : j'avais droit de vie et de mort sur tous mes sujets ; je pouvais les pendre, les vider, leur donner et leur reprendre leur liberté. Point de rebelles parmi mes peuples ! Seul, ainsi qu'un roi, je dînais entouré de mes courtisans ! Poll, comme s'il eût été mon favori, avait seul la permission de me parler ; mon chien, qui était alors devenu vieux et infirme, et qui n'avait point trouvé de compagne de son espèce pour multiplier sa race, était toujours assis à ma droite ; mes deux chats étaient sur la table, l'un d'un côté et l'autre de l'autre, attendant le morceau que, de temps en temps, ma main leur donnait comme une marque de faveur spéciale.

Si quelqu'un venait à rencontrer en Angleterre un homme tel que j'étais, il serait épouvanté ou il se pâmerait de rire. Souvent, je m'arrêtais pour me contempler moi-même, et je ne pouvais m'empêcher de sourire à la pensée de traverser le Yorkshire dans un pareil équipage. Par l'esquisse suivante, on peut se former une idée de ma figure :

J'avais un bonnet grand, haut, informe, et fait de peau de chèvre, avec une basque tombant derrière pour me garantir du soleil et empêcher l'eau de la pluie de me ruisseler dans le cou.

J'avais une jaquette courte, également de peau de chèvre, dont les pans descendaient à mi-cuisse, et une paire de hauts-de-chausses ouverts aux genoux. Ces hauts-de-chausses étaient faits de la peau d'un vieux bouc dont le poil pendait si bas de tous côtés, qu'il me venait, comme un pantalon, jusqu'à mi-jambe. De bas et de souliers je n'en avais point ; mais je m'étais fait une paire de quelque chose, je sais à peine quel nom lui donner, assez semblable à des brodequins, collant à mes jambes et se laçant sur le côté comme des guêtres : c'était, de même que tout le reste de mes vêtements, d'une forme vraiment barbare.

J'avais un large ceinturon de peau de chèvre desséchée, qui s'attachait avec deux courroies au lieu de boucles ; en guise d'épée et de dague, j'y appendais d'un côté une petite scie et, de l'autre, une hache. J'avais, en outre, un baudrier qui s'attachait de la même manière et passait par-dessus mon épaule. À son extrémité, sous mon bras gauche, pendaient deux poches faites aussi de peau de chèvre : dans l'une, je mettais ma poudre et, dans l'autre, mon plomb. Sur mon dos, je portais une corbeille, sur mon épaule un mousquet, et, sur ma tête, mon grand vilain parasol de peau de bouc qui, pourtant, après mon fusil, était la chose la plus nécessaire de mon équipage.

LE VESTIGE*

Quant à mon visage, son teint n'était vraiment pas aussi hâlé qu'on l'aurait pu croire d'un homme qui n'en prenait aucun soin et qui vivait à neuf ou dix degrés de l'équateur. J'avais d'abord laissé croître ma barbe jusqu'à la longueur d'un quart d'aune*; mais, comme j'avais des ciseaux et des rasoirs, je la coupais alors assez courte, excepté celle qui poussait sur ma lèvre supérieure, et que j'avais arrangée en manière de grosses moustaches à la mahométane, telles qu'à Salé* j'en avais vu à quelques Turcs.

Vous n'ignorez pas que j'avais alors, si je puis m'exprimer ainsi, deux plantations dans l'île: l'une était ma petite forteresse ou ma tente, entourée de sa muraille au pied du rocher, avec son arrière-grotte, que j'avais, en ce temps-là, agrandie de plusieurs chambres donnant l'une dans l'autre.

Près de cette demeure, mais un peu plus avant dans le pays et dans un terrain moins élevé, j'avais deux pièces à blé, que je cultivais et ensemençais exactement, et qui me rendaient exactement leur moisson en saison opportune.

Outre cela, j'avais ma maison de campagne qui, pour lors, était une assez belle plantation. Là se trouvait ma tonnelle, que j'entretenais avec soin, c'est-à-dire que je tenais la haie qui l'entourait constamment émondée à la même hauteur, et son échelle toujours postée en son lieu, sur le côté intérieur de l'enceinte.

Adjacent à ceci, j'avais mon parc pour mon bétail, c'est-à-dire pour mes chèvres. Comme j'avais pris une peine inconcevable pour l'enceindre et le protéger, désireux de voir sa clôture parfaite, je ne m'étais arrêté qu'après avoir garni le côté extérieur de la haie de tant de petits pieux plantés si près l'un de l'autre, que c'était plus une palissade qu'une haie, et qu'à peine y pouvait-on fourrer la main.

Dans ce canton croissaient aussi les vignes d'où je tirais pour l'hiver ma principale provision de raisins, que je conservais toujours avec beaucoup de soin, comme le meilleur et le plus délicat de tous mes aliments. C'était un manger non seulement agréable, mais sain, médicinal, nutritif et rafraîchissant au plus haut degré. Comme, d'ailleurs, cet endroit se trouvait à mi-chemin de mon autre habitation et du lieu où j'avais laissé ma pirogue, je m'y arrêtais habituellement et j'y couchais dans mes courses de l'un à l'autre; car je visitais fréquemment mon embarcation, dont je prenais un grand soin, ainsi que de tout ce qui en dépendait. Quelquefois, je voguais pour me divertir, mais je ne faisais plus de voyages aventureux.

Il advint qu'un jour, comme j'allais à ma pirogue, je fus excessivement surpris en découvrant le vestige humain d'un pied nu parfaitement empreint sur le sable. Je m'arrêtai court, comme frappé de la foudre, ou comme si j'eusse entrevu un fantôme. J'écoutai, je regardai autour de moi, mais je n'entendis rien, ni ne vis rien. Je montai sur un tertre pour jeter au loin mes regards, puis je revins sur le rivage et descendis jusqu'à la rive. Elle était solitaire, et je ne pus rencontrer aucun autre vestige que celui-là.

J'y retournai encore pour m'assurer s'il n'y en avait pas quelque autre, ou si ce n'était point une illusion ; mais non, le doute n'était point possible : car c'était bien l'empreinte d'un pied, l'orteil, le talon, enfin toutes les parties d'un pied. Comment cela était-il venu là ? Je ne le savais, ni ne pouvais l'imaginer. Après mille pensées désordonnées, comme un homme confondu, égaré, je m'enfuis à ma forteresse. Horriblement épouvanté, je regardais derrière moi tous les deux ou trois pas, me méprenant à chaque arbre, à chaque buisson, et transformant en homme chaque tronc dans l'éloignement. Quand j'arrivai à mon château, car c'est ainsi que je le nommai toujours depuis lors, je m'y jetai comme un homme poursuivi.

Je ne pus dormir de la nuit. À mesure que je m'éloignais de la cause de ma terreur, mes craintes augmentaient, contrairement à toute loi des choses et, surtout, à la marche ordinaire de la peur chez les animaux. J'étais toujours si troublé de mes propres imaginations que je n'entrevoyais rien que de sinistre. Quelquefois, je me figurais qu'il fallait que ce fût le diable, et j'appuyais cette supposition sur ce raisonnement: comment quelque autre chose ayant forme humaine aurait-elle pu parvenir en cet endroit? Où était le vaisseau qui l'aurait amenée? Quelle trace y avait-il de quelque autre pas? Et comment était-il possible qu'un homme fût venu là? Mais, d'un autre côté, je retombais dans le même embarras quand je me demandais pourquoi Satan se serait incarné en un semblable lieu, sans autre but que celui de laisser une empreinte de son pied, ce qui même n'était pas un but, car il ne pouvait avoir l'assurance que je la rencontrerais. En un mot, tout cela me semblait contradictoire en soi, et avec toutes les idées communément admises sur la subtilité du démon.

Quantité de raisons semblables détournèrent mon esprit de toute appréhension du diable; et je conclus que ce devaient être de plus dangereuses créatures, c'est-à-dire des sauvages de la terre ferme située à l'opposite, qui, rôdant en mer dans leurs pirogues, avaient été entraînés par les courants ou les vents contraires, et jetés sur mon île; d'où, après être descendus au rivage, ils étaient repartis, ne se souciant sans doute pas plus de rester sur cette île déserte que je ne me serais soucié moi-même de les y avoir.

LES OSSEMENTS

Quelle œuvre étrange et bizarre de la Providence que la vie de l'homme ! Par combien de voies secrètes et contraires les circonstances diverses ne précipitent-elles pas nos affections ! Aujourd'hui nous aimons ce que, demain, nous haïrons ; aujourd'hui nous recherchons ce que nous fuirons demain ; aujourd'hui nous désirons ce qui, demain, nous fera peur, je dirai même trembler à la seule appréhension ! J'étais alors un vivant et manifeste exemple de cette vérité ; car moi, dont la seule affliction était de me voir banni de la société humaine, seul, entouré par le vaste océan, retranché de l'humanité et condamné à ce que j'appelais une vie silencieuse ; moi qui étais un homme que le Ciel jugeait indigne d'être compté parmi les vivants et de figurer parmi le reste de ses créatures ; moi, pour qui la vue d'un être de mon espèce aurait semblé un retour de la mort à la vie ; moi, dis-je, je tremblais à la seule idée de voir un homme, et j'étais près de m'enfoncer sous terre à cette ombre, à cette apparence muette qu'un homme avait mis le pied dans l'île !

Au milieu de ces pensées, de ces appréhensions et de ces méditations, il me vint un jour en l'esprit que je m'étais créé des chimères et que le vestige* de ce pas pouvait bien être une empreinte faite sur le rivage par mon propre pied en me rendant à ma pirogue. Cette idée contribua aussi à me ranimer : je commençai à me persuader que ce n'était qu'une illusion et que ce pas était réellement le mien.

Je repris donc courage et je regardai dehors en tapinois. N'étant pas sorti de mon château depuis trois jours et trois nuits, je commençais à languir de besoin : je n'avais plus chez moi que quelques biscuits d'orge et de l'eau. Je songeai alors que mes chèvres avaient grand besoin que je les trayasse – ce qui était ordinairement ma récréation du soir – et que les pauvres bêtes devaient avoir bien souffert de cet abandon.

Je me risquai à sortir et j'allai à ma maison des champs pour traire mon troupeau ; mais, à voir avec quelle peur j'avançais, regardant souvent derrière moi, prêt, à chaque instant, de laisser là ma corbeille et de m'enfuir pour sauver ma vie, on m'aurait pris pour un homme troublé par une mauvaise conscience, ou sous le coup d'un horrible effroi : ce qui, au fait, était vrai.

Toutefois, ayant fait ainsi cette course pendant deux ou trois jours, je m'enhardis et me confirmai dans le sentiment que j'avais été dupe de mon imagination. Je ne pouvais cependant me le persuader complètement avant de retourner au rivage, avant de revoir l'empreinte de ce pas, de le mesurer avec le mien, de m'assurer s'il avait quelque similitude ou quelque conformité, afin que je pusse être convaincu que c'était bien là mon pied. Mais quand j'arrivai au lieu même, je reconnus qu'évidemment, lorsque j'avais abrité ma pirogue, je n'avais pu passer par là ni aux environs. Bien plus, lorsque j'en vins à mesurer la marque, je trouvai qu'elle était de beaucoup plus large que mon pied. Ce double désappointement remplit ma tête de nouvelles imaginations et mon cœur de la plus profonde mélancolie. Un frisson me saisit comme si j'eusse eu la fièvre, et je m'en retournai chez moi, plein de l'idée qu'un homme ou des hommes étaient descendus sur ce rivage, ou que l'île était habitée, et que je pouvais être pris à l'improviste. Mais que faire pour ma sécurité? Je ne savais. Ce fut là le sujet de mes réflexions pendant la nuit qui suivit mon retour à la maison, quand les appréhensions qui s'étaient emparées de mon esprit étaient encore dans toute leur force, ainsi que les vapeurs de mon cerveau.

Ce trouble de mes pensées me tint éveillé toute la nuit, mais je m'endormis dans la matinée. La fatigue de mon âme et l'épuisement de mes esprits me procurèrent un sommeil très profond, et je me réveillai beaucoup plus calme. Je commençai alors à raisonner de sens rassis*, et, après un long débat avec moi-même, je conclus qu'à la vérité il n'y avait point d'habitants fixes qui vécussent sur ce rivage, mais qu'assurément des embarcations y venaient quelquefois du continent, soit avec dessein, soit poussées par les vents contraires.

Ayant vécu quinze années dans ce lieu, et n'ayant point encore rencontré l'ombre d'une créature humaine, il était donc probable que, si quelquefois on relâchait à cette île, on se rembarquait aussi tôt que possible, puisqu'on ne l'avait point jugée propre à s'y établir jusqu'alors.

Le plus grand danger que j'avais à redouter, c'était donc une semblable descente accidentelle des gens de la terre ferme, qui, selon toute apparence, abordant à cette île contre leur gré, s'en éloignaient avec toute la hâte possible et n'y passaient que rarement la nuit pour attendre le retour du jour et de la marée. Ainsi, je n'avais rien autre à faire qu'à me ménager une retraite sûre pour le cas où je verrais prendre terre à des sauvages.

Après mûre délibération, je résolus de me faire un second retranchement en demi-cercle, à quelque distance de ma muraille, juste où, douze ans auparavant, j'avais planté un double rang d'arbres dont il a été fait mention. Ces arbres avaient été placés si près les uns des autres qu'il n'était besoin que d'enfoncer entre eux quelques poteaux pour en faire aussitôt une muraille épaisse et forte.

EMBUSCADE

De cette manière, j'eus un double rempart : celui du dehors était renforcé de pièces de charpente, de vieux câbles, et de tout ce que j'avais jugé propre à le consolider, et percé de sept meurtrières assez larges pour passer le bras. Dans les sept meurtrières, j'imaginai de placer les mousquets que j'ai dit avoir sauvés du navire au nombre de sept, et de les monter en guise de canons sur des espèces d'affûts ; de sorte que je pouvais, en deux minutes, faire feu de toute mon artillerie. Je fus plusieurs grands mois à achever ce rempart, et cependant je ne me crus point en sûreté qu'il ne fût fini.

Cet ouvrage terminé, pour le masquer, je fichai dans tout le terrain environnant des bâtons ou des pieux de ce bois semblable à l'osier qui croissait si facilement. Je crois que j'en plantai bien près de vingt mille, tout en réservant entre eux et mon rempart une assez grande esplanade pour découvrir l'ennemi et pour qu'il ne pût, à la faveur de ces jeunes arbres, si toutefois il le tentait, se glisser jusqu'au pied de ma muraille extérieure.

Au bout de deux ans, j'eus un fourré épais et, au bout de cinq ou six ans, j'eus devant ma demeure un bocage qui avait crû si prodigieusement dru et fort, qu'il était vraiment impénétrable. Âme qui vive ne se serait jamais imaginé qu'il y eût quelque chose par-derrière et, surtout, une habitation. Je me servais pour entrer et sortir de deux échelles : avec la première, je montais à un endroit peu élevé du rocher, où il y avait place pour poser la seconde ; et quand je les avais retirées toutes les deux, il était de toute impossibilité à un homme de venir à moi sans se blesser ; et quand même il eût pu y parvenir, il se serait encore trouvé au-delà de ma muraille extérieure.

Durant ces travaux, je n'étais pas tout à fait insouciant de mes autres affaires ; je m'intéressais surtout à mon petit troupeau de chèvres, qui non seulement suppléait à mes besoins présents et commençait à me suffire, sans aucune dépense de poudre et de plomb, mais encore m'exemptait des fatigues de la chasse. Je ne me souciais nullement de perdre de pareils avantages et de rassembler un troupeau sur de nouveaux frais.

Après de longues considérations à ce sujet, je ne pus trouver que deux moyens de le préserver : le premier était de chercher quelque autre emplacement convenable pour creuser une caverne sous terre, où je l'enfermerais toutes les nuits ; et, le second, d'enclore deux ou trois petits terrains éloignés les uns des autres et aussi cachés que possible, dans chacun desquels je pusse parquer une demi-douzaine de chèvres; afin que, s'il advenait quelque désastre au troupeau principal, je pusse le rétablir en peu de temps et avec peu de peine. Quoique ce dernier dessein demandât beaucoup de temps et de travail, il me parut le plus raisonnable.

En conséquence, j'employai quelques jours à parcourir les parties les plus retirées de l'île, et je fis choix d'un lieu aussi caché que je le désirais. C'était un petit terrain humide au milieu de ces bois épais et profonds où j'avais failli à me perdre autrefois en essayant à les traverser pour revenir de la côte orientale de l'île. Il y avait là une clairière de près de trois acres, si bien entourée de bois que c'était presque un enclos naturel.

Je me mis aussitôt à l'ouvrage et, en moins d'un mois, j'eus si bien enfermé cette pièce de terre, que mon troupeau ou ma harde, appelez-le comme il vous plaira, qui dès lors n'était plus sauvage, pouvait s'y trouver assez bien en sûreté. J'y conduisis sans plus de délai dix chèvres et deux boucs.

La seule rencontre d'un vestige* de pied d'homme me coûta tout ce travail: je n'avais point encore aperçu de créature humaine; et voici que, depuis deux ans, je vivais dans des transes qui rendaient ma vie beaucoup moins confortable qu'auparavant et que peuvent seuls imaginer ceux qui savent ce que c'est que d'être perpétuellement dans les réseaux de la peur.

Je remarquerai ici avec chagrin que les troubles de mon esprit influaient extrêmement sur mes soins religieux ; car la crainte et la frayeur de tomber entre les mains des sauvages et des cannibales accablaient tellement mon cœur, que je me trouvais rarement en état de m'adresser à mon Créateur, au moins avec ce calme rassis* et cette résignation d'âme qui m'avaient été habituels.

Mais poursuivons. Un jour, m'avançant vers la pointe occidentale de l'île plus que je ne l'avais jamais fait et promenant mes regards sur la mer, je crus apercevoir une embarcation qui voguait à une grande distance. J'avais trouvé une ou deux lunettes d'approche dans un des coffres de matelot que j'avais sauvés de notre navire, mais je ne les avais point sur moi, et l'objet était si éloigné que je ne pus le distinguer, quoique j'y tinsse mes yeux attachés jusqu'à ce qu'ils fussent incapables de regarder plus longtemps. Était-ce ou n'était-ce pas un bateau ? Je ne sais ; mais en descendant de la colline où j'étais monté, je perdis l'objet de vue et n'y songeai plus ; seulement, je pris la résolution de ne plus sortir sans une lunette dans ma poche.

Quand je fus arrivé au bas de la colline, à l'extrémité de l'île, où vraiment je n'étais jamais allé, je fus profondément atterré. Il me serait impossible d'exprimer l'horreur qui s'empara de mon âme à l'aspect du rivage, jonché de crânes, de mains, de pieds et autres ossements. Je remarquai surtout une place où l'on avait fait du feu et un banc creusé en rond dans la terre, comme l'arène d'un combat de coqs, où sans doute ces misérables sauvages s'étaient placés pour leur atroce festin de chair humaine.

Je fus si stupéfié à cette vue qu'elle suspendit pour quelque temps l'idée de mes propres dangers : toutes mes appréhensions étaient étouffées sous les impressions que me donnaient un tel abîme d'infernale brutalité et l'horreur d'une telle dégradation de la nature humaine. J'avais bien souvent entendu parler de cela, mais, jusque-là, je n'avais jamais été si près de cet horrible spectacle. J'en détournai la face, mon cœur se souleva, et je serais tombé en faiblesse si la nature ne m'avait soulagé aussitôt par un violent vomissement. Revenu à moi-même, je ne pus rester plus longtemps en ce lieu ; je remontai en toute hâte sur la colline et je me dirigeai vers ma demeure.

Je conçus une telle horreur de ces exécrables sauvages et de leur atroce coutume de se manger les uns les autres, de s'entre-dévorer, que je restai sombre et pensif durant au moins deux ans.

«Je fus excessivement surpris en découvrant le vestige humain d'un pied nu parfaitement empreint sur le sable» (page 159)

DIGRESSION HISTORIQUE

Je ne faisais nuit et jour que songer aux moyens de tuer quelques-uns de ces monstres au milieu de leurs fêtes sanguinaires, et, s'il était possible, de sauver les victimes qu'ils venaient égorger sur le rivage. Je remplirais un volume plus gros que ne le sera celui-ci tout entier, si je consignais tous les stratagèmes que je combinai, ou plutôt que je couvai en mon esprit pour détruire ces créatures ou, au moins, les effrayer et les dégoûter à jamais de revenir dans l'île.

J'allai si loin dans mon indignation, que j'employai plusieurs jours à chercher un lieu propre à me mettre en embuscade pour les épier et que, même, je me rendis fréquemment à l'endroit de leurs festins, avec lequel je commençais à me familiariser, surtout dans ces moments où j'étais rempli de sentiments de vengeance et de l'idée d'en passer vingt ou trente au fil de l'épée ; mais mon animosité reculait devant l'horreur que je ressentais à cette place et à l'aspect des traces de ces misérables barbares s'entre-dévorant.

Enfin, je trouvai un lieu favorable sur le versant de la colline, où je pouvais guetter en sûreté l'arrivée de leurs pirogues, puis, avant même qu'ils n'aient abordé au rivage, me glisser inaperçu dans un massif d'arbres, dont un avait un creux assez grand pour me cacher tout entier. Là, je pouvais me poster et observer toutes leurs abominables actions, et les viser à la tête quand ils se trouveraient tous ensemble, et si serrés, qu'il me serait presque impossible de manquer mon coup et de ne pas en blesser trois ou quatre à la première décharge.

Je me rendis régulièrement chaque matin sur le sommet de la colline éloignée de mon château d'environ trois milles, au plus, pour voir si je ne découvrirais pas en mer quelques bateaux abordant à l'île ou faisant route de son côté. Mais, après deux ou trois mois de faction assidue, je commençai à me lasser de cette fatigue, m'en retournant toujours sans avoir fait aucune découverte.

Aussi longtemps que je fis ma tournée journalière à la colline, mon dessein subsista dans toute sa vigueur, et mon esprit me parut toujours être en disposition convenable pour exécuter l'outrageux massacre d'une trentaine de sauvages sans défense, et cela pour un crime dont la discussion ne m'était pas même entrée dans l'esprit. Mais lorsque je commençai à me lasser, comme je l'ai dit, de cette infructueuse excursion que je faisais chaque matin si loin et depuis si longtemps, mon opinion elle-même commença aussi à changer, et je considérai avec plus de calme et de sang-froid la mêlée où j'allais m'engager. Quelle autorité, quelle mission avais-je pour me prétendre juge et bourreau de ces hommes criminels lorsque Dieu avait décrété convenable de les laisser impunis durant plusieurs siècles, pour qu'ils fussent, en quelque sorte, les exécuteurs réciproques de ses jugements? Ces peuples étaient loin de m'avoir offensé, de quel droit m'immiscer à la querelle de sang qu'ils vidaient entre eux?

Fort souvent s'élevait en moi ce débat: comment puis-je savoir ce que Dieu lui-même juge en ce cas tout particulier? Il est certain que ces peuples ne considèrent pas ceci comme un crime; ce n'est point réprouvé par leur conscience. Ils ne pensent pas plus que ce soit un crime de tuer un prisonnier de guerre que nous de tuer un bœuf, et de manger de la chair humaine que nous de manger du mouton.

Tout brutal et inhumain que pouvait être l'usage de s'entre-dévorer, il me vint ensuite à l'esprit que cela, réellement, ne me regardait en rien: ces peuples ne m'avaient point offensé; s'ils attentaient à ma vie ou si je voyais que, pour ma propre conservation, il me fallût tomber sur eux, il n'y aurait rien à redire à cela; mais, étant hors de leur pouvoir, mais ces gens n'ayant aucune connaissance de moi et, par conséquent, aucun projet sur moi, il n'était pas juste de les assaillir: c'eût été justifier la conduite des Espagnols et toutes les atrocités qu'ils pratiquèrent en

Amérique, où ils ont détruit des millions de ces peuples qui, bien qu'ils fussent idolâtres et barbares, et qu'ils observassent quelques rites sanglants, tels que de faire des sacrifices humains, n'étaient pas moins de fort innocentes gens par rapport aux Espagnols.

Ces considérations m'arrêtèrent. Je fis une sorte de halte, et je commençai petit à petit à me détourner de mon dessein et à conclure que c'était une chose injuste que ma résolution d'attaquer les sauvages.

D'un autre côté, je reconnus que ce projet serait le sûr moyen non d'arriver à ma délivrance, mais à ma ruine totale et à ma perte, à moins que je ne fusse assuré de tuer non seulement tous ceux qui seraient alors à terre, mais encore tous ceux qui pourraient y venir plus tard ; car si un seul m'échappait pour aller dire à ses compatriotes ce qui était advenu, ils reviendraient par milliers venger la mort de leurs compagnons, et je n'aurais donc fait qu'attirer sur moi une destruction certaine, dont je n'étais point menacé.

Somme toute, je conclus que ni en morale ni en politique, je ne devais en aucune façon m'entremettre dans ce démêlé ; que mon unique affaire était, par tous les moyens possibles, de me tenir caché et de ne pas laisser la moindre trace qui pût faire conjecturer qu'il y avait dans l'île quelque créature vivante, j'entends de forme humaine.

Je restai près d'une année entière dans cette disposition. J'étais si éloigné de rechercher l'occasion de tomber sur les sauvages, que, durant tout ce temps, je ne montai pas une fois sur la colline pour voir si je n'en découvrirais pas, pour savoir s'ils étaient ou n'étaient pas venus sur le rivage, de peur de réveiller mes projets contre eux ou d'être tenté de les assaillir par quelque occasion avantageuse qui se présenterait.

Je ne pouvais réfléchir sans horreur à ce qu'eût été mon sort si je les eusse rencontrés et si j'eusse été découvert autrefois, quand, nu et désarmé, n'ayant pour ma défense qu'un fusil qui, souvent, n'était chargé que de petit plomb, je parcourais toute mon île, guignant et furetant pour voir si je n'attraperais rien. Quelle eût été alors ma terreur si, au lieu de découvrir l'empreinte d'un pied d'homme, j'eusse aperçu quinze ou vingt sauvages qui m'eussent donné la chasse ?

Quelquefois ces pensées oppressaient mon âme et affaissaient tellement mon esprit, que je ne pouvais de longtemps recouvrer assez de calme pour songer à ce que j'eusse fait. Non seulement je n'aurais pu opposer quelque résistance, mais je n'aurais même pas eu assez de présence d'esprit pour m'aider des moyens qui auraient été en mon pouvoir, moyens bien inférieurs à ceux que je possédais à cette heure, après tant de considérations et de préparations. Quand ces idées m'avaient sérieusement occupé, je tombais dans une grande mélancolie qui, parfois, durait fort longtemps.

Le lecteur, je pense, ne trouvera pas étrange si j'avoue que ces anxiétés, ces dangers dans lesquels je passais ma vie, avaient mis fin à mon industrie et à toutes les améliorations que j'avais projetées pour mon bien-être. J'étais alors plus occupé du soin de ma sûreté que du soin de ma nourriture. De peur que le bruit que je pourrais faire ne s'entendît, je ne me souciais plus alors d'enfoncer un clou, de couper un morceau de bois et, pour la même raison, encore moins de tirer mon mousquet.

Ce n'était qu'avec la plus grande inquiétude que je faisais du feu, à cause de la fumée qui, dans le jour, étant visible à une grande distance, aurait pu me trahir; et c'était pour cela que j'avais transporté la fabrication de cette partie de mes objets qui demandaient l'emploi du feu, comme la cuisson de mes pots et de mes pipes, dans ma nouvelle habitation des bois, où, après être allé quelque temps, je découvris à mon grand ravissement une caverne naturelle, où j'ose dire que jamais sauvage ni quelque homme que ce soit qui serait parvenu à son ouverture n'aurait été assez hardi pour pénétrer, à moins qu'il n'eût eu, comme moi, un besoin absolu d'une retraite assurée.

L'entrée de cette caverne était au fond d'un grand rocher, où, par un pur hasard – dirais-je si je n'avais mille raisons d'attribuer toutes ces choses à la Providence –, je coupais de grosses branches d'arbre pour faire du charbon. Avant de poursuivre, je dois faire savoir pourquoi je faisais ce charbon, ce que voici:

Je craignais de faire de la fumée autour de mon habitation, comme je l'ai dit tantôt; cependant, comme je ne pouvais vivre sans faire cuire mon pain et ma viande, j'avais donc imaginé de faire brûler du bois sous des mottes de gazon, comme je l'avais vu pratiquer en Angleterre. Quand il était en consomption, j'éteignais le brasier et je conservais le charbon pour l'emporter chez moi et l'employer sans risque de fumée à tout ce qui réclamait l'usage du feu.

Mais que cela soit dit en passant. Tandis que, là, j'abattais du bois, j'avais donc aperçu derrière l'épais branchage d'un hallier une espèce de cavité, dont je fus curieux de voir l'intérieur. Parvenu, non sans difficulté, à son embouchure, je trouvai qu'il était assez spacieux, c'est-à-dire assez pour que je pusse m'y tenir debout, moi et peut-être une seconde personne.

Je remarquai aussi, sur le côté le plus profond, une ouverture qui s'enfonçait plus avant, mais si basse, que je fus obligé de me traîner sur les mains et sur les genoux pour y passer. Où aboutissait-elle, je l'ignorais. N'ayant point de flambeau, je remis la partie à une autre fois, et je résolus de revenir le lendemain pourvu de chandelles et d'un briquet que j'avais fait avec une batterie de mousquet dans le bassinet de laquelle je mettais une pièce d'artifice.

En conséquence, le jour suivant, je revins muni de six grosses chandelles de ma façon – car alors je m'en fabriquais de très bonnes avec du suif de chèvre –, j'allai à l'ouverture étroite et je fus obligé de ramper à quatre pieds à peu près l'espace de dix verges*.

Quand j'eus passé ce défilé, je me trouvai sous une voûte d'environ vingt pieds de hauteur. Je puis affirmer que, dans toute l'île, il n'y avait pas un spectacle plus magnifique à voir que les parois et le berceau de cette voûte ou de cette caverne. Ils réfléchissaient mes deux chandelles de cent mille manières. Qu'y avait-il dans le roc ? Étaient-ce des diamants ou d'autres pierreries, ou de l'or, ce que je suppose plus volontiers ? Je l'ignorais.

Je fus vraiment ravi de ma découverte et je résolus de transporter sans délai dans cette retraite tout ce dont la conservation m'importait le plus, surtout ma poudre et toutes mes armes de réserve, c'est-à-dire deux de mes trois fusils de chasse et trois de mes mousquets : j'en avais huit. À mon château je n'en laissai donc que cinq, qui, sur ma redoute extérieure, demeuraient toujours braqués comme des pièces de canon et que je pouvais également prendre en cas d'expédition.

Je me croyais alors semblable à ces anciens géants qui vivaient, dit-on, dans des cavernes et des trous de rocher inaccessibles ; car j'étais persuadé que, réfugié en ce lieu, je ne pourrais être dépisté par les sauvages, fussent-ils cinq cents à me pourchasser ; ou que, s'ils le faisaient, ils ne voudraient point se hasarder à m'y donner l'attaque.

Ce fut au mois de décembre de la vingt-troisième année de mon séjour, à l'époque du solstice méridional – car je ne puis l'appeler solstice d'hiver –, temps particulier de ma moisson qui m'appelait presque toujours aux champs, qu'un matin, sortant de très bonne heure avant même le point du jour, je fus surpris de voir la lueur d'un feu sur le rivage, à la distance d'environ deux milles, vers l'extrémité de l'île où j'avais déjà observé que les sauvages étaient venus ; mais ce n'était point, cette fois, sur l'autre côté, mais bien, à ma grande affliction, sur le côté que j'habitais.

À cette vue, horriblement effrayé, je m'arrêtai court et n'osai pas sortir de mon bocage, de peur d'être surpris. Je retournai droit à mon château ; et, ayant donné à toutes les choses extérieures un aspect aussi sauvage, aussi naturel que possible, je retirai mon échelle après moi.

Alors je m'armai et me mis en état de défense. Je chargeai toute mon artillerie, comme je l'appelais, c'est-à-dire mes mousquets montés sur mon nouveau retranchement, et tous mes pistolets, bien résolu à combattre jusqu'au dernier soupir. Je n'oubliai pas de me recommander avec ferveur à la protection divine et de supplier Dieu de me délivrer des mains des barbares.

Après être demeuré là quelque temps, et après avoir songé à ce que j'avais à faire en cette occasion, il me fut impossible de supporter davantage l'ignorance où j'étais. Appliquant donc mon échelle sur le flanc du rocher où se trouvait une plate-forme, puis la retirant après moi et la replaçant de nouveau, je parvins au sommet de la colline. Là, couché à plat ventre sur la terre, je pris ma longue-vue, que j'avais apportée à dessein, et je la braquai. Je vis aussitôt qu'il n'y avait pas moins de neuf sauvages assis en rond autour d'un petit feu, non pas pour se chauffer, car la chaleur était extrême, mais, comme je le supposai, pour apprêter quelque atroce mets de chair humaine qu'ils avaient apportée avec eux, ou morte ou vive, c'est ce que je ne pus savoir.

Ils avaient avec eux deux pirogues halées sur le rivage ; et, comme c'était alors le temps du jusant*, ils me semblèrent attendre le retour du flot pour s'en retourner.

La chose arriva comme je l'avais prévue ; car, aussitôt que la marée porta à l'ouest, je les vis tous monter dans leurs pirogues et tous ramer ou pagayer, comme cela s'appelle.

Sitôt qu'ils furent embarqués et partis, je sortis avec deux mousquets sur mes épaules, deux pistolets à ma ceinture, mon grand sabre sans fourreau à mon côté, et, avec toute la diligence dont j'étais capable, je me rendis à la colline où j'avais découvert la première de toutes les traces.

Ce fut surtout pour moi un terrible spectacle quand, en descendant au rivage, je vis les traces de leur affreux festin, du sang, des os, des tronçons de chair humaine qu'ils avaient mangée et dévorée avec joie. Je fus si rempli d'indignation à cette vue, que je recommençai à méditer le massacre des premiers que je rencontrerais, quels qu'ils pussent être et quelque nombreux qu'ils fussent.

Il me paraît évident que leurs visites dans l'île devaient être assez rares, car il se passa plus de quinze mois avant qu'ils ne revinssent, c'est-à-dire que, durant tout ce temps, je n'en revis ni trace ni vestige*. Dans la saison des pluies, il était sûr qu'ils ne pouvaient sortir de chez eux, du moins pour aller si loin, Cependant, durant cet intervalle, je vivais misérablement : l'appréhension d'être pris à l'improviste m'assiégeait sans relâche ; d'où je déduis que l'expectative du mal est plus amère que le mal lui-même, quand, surtout, on ne peut se défaire de cette attente ou de ces appréhensions.

Pendant tout ce temps-là, mon humeur meurtrière ne m'abandonna pas, et j'employai la plupart des heures du jour, qui auraient pu être beaucoup mieux dépensées, à imaginer comment je les circonviendrais et les assaillirais à la première rencontre, surtout s'ils étaient divisés en deux parties comme la dernière fois. Je ne considérais nullement que, si j'en tuais une bande, je suppose de dix ou douze, et que le lendemain, la semaine ou le mois suivant, j'en tuasse encore d'autres, et ainsi de suite à l'infini, je deviendrais aussi meurtrier qu'ils étaient mangeurs d'hommes, et peut-être plus encore.

J'usais ma vie dans une grande perplexité et une grande anxiété d'esprit ; je m'attendais à tomber un jour ou l'autre entre les mains de ces impitoyables créatures. Si je me hasardais quelquefois dehors, ce n'était qu'en promenant mes regards inquiets autour de moi, et avec tout le soin, toute la précaution imaginable. Je sentis alors, à ma grande consolation, combien c'était chose heureuse pour moi que je me fusse pourvu d'un troupeau ou d'une harde de chèvres; car je n'osais en aucune occasion tirer mon fusil, surtout du côté de l'île fréquenté par les sauvages, de peur de leur donner une alerte. Peut-être se seraient-ils enfuis d'abord; mais, bien certainement, ils seraient revenus au bout de quelques jours avec deux ou trois cents pirogues: je savais ce à quoi je devais m'attendre alors.

Néanmoins, je fus un an et trois mois avant d'en revoir aucun.

LE RÊVE

Par une nuit de la saison pluvieuse de mars, dans la vingt-quatrième année de ma vie solitaire, j'étais couché dans mon lit ou hamac sans pouvoir dormir, mais en parfaite santé ; je n'avais de plus qu'à l'ordinaire ni peine, ni indisposition, ni trouble de corps, ni trouble d'esprit ; cependant, il m'était impossible de fermer l'œil, du moins pour sommeiller.

De toute la nuit je ne m'assoupis pas autrement que comme il suit. Il serait aussi impossible que superflu de narrer la multitude innombrable de pensées qui, durant cette nuit, me passèrent par la mémoire, ce grand chemin du cerveau. Je me représentai toute l'histoire de ma vie en miniature ou en raccourci, pour ainsi dire, avant et après ma venue dans l'île.

Dans mes réflexions sur ce qu'était ma condition depuis que j'avais abordé cette terre, je vins à comparer l'état heureux de mes affaires pendant les premières années de mon exil, à cet état d'anxiété, de crainte et de précautions dans lequel je vivais depuis que j'avais vu l'empreinte d'un pied d'homme sur le sable. Il n'est pas croyable que les sauvages n'eussent pas fréquenté l'île avant cette époque : peut-être y étaient-ils descendus au rivage par centaines.

Je vins à réfléchir sérieusement sur les dangers réels que j'avais courus durant tant d'années dans cette île même où je me promenais dans la plus grande sécurité, avec toute la tranquillité possible, quand, peut-être, il n'y avait que la pointe d'une colline, un arbre, ou les premières ombres de la nuit, entre moi et le plus affreux de tous les sorts, celui de tomber entre les mains des sauvages, des cannibales, qui se seraient saisis de moi dans le même but que je le faisais d'une chèvre ou d'une tortue, et n'auraient pas plus pensé faire un crime en me tuant et en me dévorant, que moi en mangeant un pigeon ou un courlis.

Ces considérations m'amenèrent à faire des réflexions sur la nature de ces sauvages et à examiner comment il se faisait qu'en ce monde le sage Dispensateur de toutes choses eût abandonné quelques-unes de ses créatures à une telle inhumanité qu'elles vont jusqu'à se dévorer dans leur propre espèce. Mais, comme cela n'aboutissait qu'à de vaines spéculations, je me pris à rechercher dans quel endroit du monde ces malheureux vivaient ; à quelle distance était la côte d'où ils venaient ; pourquoi ils s'aventuraient si loin de chez eux ; quelle sorte de bateaux ils avaient, et pourquoi je ne pourrais pas en ordonner de moi et de mes affaires de façon à être à même d'aller à eux aussi bien qu'ils venaient à moi.

Je ne me mis nullement en peine de ce que je ferais de moi quand je serais parvenu là, de ce que je deviendrais si je tombais entre les mains des sauvages; comment je leur échapperais s'ils m'entreprenaient, comment il me serait possible d'aborder à la côte sans être attaqué par quelqu'un d'eux de manière à ne pouvoir me délivrer moi-même. Enfin, s'il advenait que je ne tombasse point en leur pouvoir, comment je me procurerais des provisions et vers quel lieu je dirigerais ma course. Aucune de ces pensées, dis-je, ne se présenta à mon esprit: mon idée de gagner la terre ferme dans ma pirogue l'absorbait.

Notez, je vous prie, que tout ceci était le fruit du désordre de mon âme et de mon esprit véhément. Le calme de mon esprit, puisé dans ma résignation à la Providence et ma soumission aux volontés du Ciel, semblait être suspendu; et je n'avais pas, en quelque sorte, la force de détourner ma pensée de ce projet de voyage qui m'assiégeait de désirs si impétueux qu'il était impossible d'y résister.

Après que cette passion m'eut agité pendant deux heures et plus, avec une telle violence que mon sang bouillonnait et que mon pouls battait comme si la ferveur extraordinaire de mes désirs m'eût donné la fièvre, la nature fatiguée, épuisée, me jeta dans un profond sommeil. On pourrait croire que mes songes roulèrent sur le même projet, mais non pas, mais sur rien qui s'y rapportât.

Je rêvai que, sortant un matin de mon château comme de coutume, je voyais sur le rivage deux canots et onze sauvages débarquant et apportant avec eux un autre sauvage pour le tuer et le manger. Tout à coup, comme ils s'apprêtaient à égorger ce sauvage, il bondit au loin et se prit à fuir pour sauver sa vie. Alors je crus voir dans mon rêve que, pour se cacher, il accourait vers le bocage épais masquant mes fortifications ; puis, que, m'apercevant qu'il était seul et que les autres ne le cherchaient point par ce chemin, je me découvrais à lui en lui souriant et l'encourageant ; et qu'il s'agenouillait devant moi et semblait implorer mon assistance. Sur ce, je lui montrais mon échelle, je l'y faisais monter et je l'introduisais dans ma grotte, et il devenait mon serviteur. Sitôt que je me fus acquis cet homme, je me dis : « Maintenant, je puis certainement me risquer à gagner le continent, car ce compagnon me servira de pilote, me dira ce qu'il faut faire, me dira où aller pour avoir des provisions, ou ne pas aller de peur d'être dévoré ; bref, les lieux à aborder et ceux à fuir. »

Je me réveillai avec cette idée ; j'étais encore sous l'inexprimable impression de joie qu'en rêve j'avais ressentie à l'aspect de ma délivrance ; mais, en revenant à moi et en trouvant que ce n'était qu'un songe, je ressentis un désappointement non moins étrange et qui me jeta dans un grand abattement d'esprit.

J'en tirai toutefois cette conclusion, que le seul moyen d'effectuer quelque tentative de fuite, c'était de m'acquérir un sauvage, surtout, si c'était possible, quelque prisonnier condamné à être mangé et amené à terre pour être égorgé. Mais une difficulté s'élevait encore. Il était impossible d'exécuter ce dessein sans assaillir et massacrer toute une caravane : vrai coup de désespoir qui pouvait si facilement manquer ! D'un autre côté, j'avais de grands scrupules sur la légitimité de cet acte, et mon cœur bondissait à la seule pensée de verser tant de sang, bien que ce fût pour ma délivrance.

Néanmoins, enfin, après beaucoup de délibérations intimes, après de grandes perplexités, je me déterminai, coûte que coûte, à m'emparer de quelqu'un de ces sauvages. La question était alors de savoir comment m'y prendre, et c'était chose difficile à résoudre ; mais, comme aucun moyen probable ne se présentait à mon choix, je résolus donc de faire seulement sentinelle pour guetter quand ils débarqueraient, de n'arrêter mes mesures que dans l'occasion, de m'abandonner à l'événement, de le laisser être ce qu'il voudrait.

Plein de cette résolution, je me mis en vedette* aussi souvent que possible, si souvent même que je m'en fatiguai profondément ; car, pendant un an et demi, je fis le guet et allai une grande partie de ce temps au moins une fois par jour à l'extrémité ouest et sud-ouest de l'île pour découvrir des canots, mais sans que j'aperçusse rien. C'était vraiment décourageant, et je commençai à m'inquiéter beaucoup. Ma passion croissait avec l'attente. En un mot, je n'avais pas été d'abord plus soigneux de fuir la vue des sauvages et d'éviter d'être aperçu par eux, que j'étais alors désireux de les entreprendre.

FIN DE LA VIE SOLITAIRE

Un an et demi environ après que j'eus conçu ces idées, je fus surpris, un matin, de très bonne heure, en ne voyant pas moins de cinq canots tous ensemble au rivage sur mon côté de l'île. Les sauvages à qui ils appartenaient étaient déjà à terre et hors de ma vue. Laissant mes deux fusils au pied de mon échelle, je montai jusqu'au sommet du rocher, en deux escalades, comme d'ordinaire. Là, posté de façon à ce que ma tête ne parût point au-dessus de la cime, pour qu'en aucune manière on ne pût m'apercevoir, j'observai à l'aide de mes lunettes d'approche qu'ils étaient au moins au nombre de trente, qu'ils avaient allumé un feu et préparé leur nourriture : quel aliment était-ce et comment l'accommodaient-ils, c'est ce que je ne pus savoir ; mais je les vis tous danser autour du feu, et, suivant leur coutume, avec je ne sais combien de figures et de gesticulations barbares.

Tandis que je regardais ainsi, j'aperçus par ma longue-vue deux misérables qu'on tirait des pirogues, où, sans doute, ils avaient été mis en réserve, et qu'alors on faisait sortir pour être massacrés. J'en vis aussitôt tomber un, assommé, je pense, avec un casse-tête ou un sabre de bois, selon l'usage de ces nations. Deux ou trois de ces meurtriers se mirent incontinent à l'œuvre et le dépecèrent pour leur cuisine, pendant que l'autre victime demeurait là en attendant qu'ils fussent prêts pour elle. En ce moment même, la nature inspira à ce pauvre malheureux, qui se voyait un peu en liberté, quelque espoir de sauver sa vie; il s'élança et se prit à courir avec une incroyable vitesse le long des sables, droit vers moi, j'entends vers la partie de la côte où était mon habitation.

Je fus horriblement effrayé – il faut que je l'avoue – quand je le vis enfiler ce chemin, surtout quand je m'imaginai le voir poursuivi par toute la troupe. Je demeurai toutefois à mon poste et, bientôt, je recouvrai quelque peu mes esprits lorsque je reconnus qu'ils n'étaient que trois hommes à sa poursuite. Je retrouvai surtout du courage en voyant qu'il les surpassait excessivement à la course et gagnait du terrain sur eux, de manière que, s'il pouvait aller de ce train une demi-heure encore, il était indubitable qu'il leur échapperait.

Il y avait entre eux et mon château la crique dont j'ai souvent parlé dans la première partie de mon histoire, quand je fis le sauvetage du navire. Lorsque le sauvage échappé eut atteint jusque-là, il ne fit ni une ni deux, malgré la marée haute, il s'y plongea; il gagna l'autre rive en une trentaine de brassées ou environ, et se reprit à courir avec une force et une vitesse sans pareilles. Quand ses trois ennemis arrivèrent à la crique, je vis qu'il n'y en avait que deux qui sussent nager. Le troisième s'arrêta sur le bord, regarda sur l'autre côté et n'alla pas plus loin. Au bout de quelques instants, il s'en retourna pas à pas ; et, d'après ce qui advint, ce fut très heureux pour lui.

Toutefois, j'observai que les deux qui savaient nager mirent à passer la crique deux fois plus de temps que n'en avait mis le malheureux qui les fuyait. Aussitôt, je descendis en toute hâte par mes échelles, je pris deux fusils que j'y avais laissés au pied, comme je l'ai dit tantôt, et, remontant avec la même précipitation, je m'avançai vers la mer. Ayant coupé par le plus court au bas de la montagne, je me précipitai entre les poursuivants et le poursuivi, et j'appelai le fuyard. Il se retourna et fut peut-être d'abord tout aussi effrayé de moi que moi je l'étais d'eux ; mais je lui fis signe de la main de revenir et, en même temps, je m'avançai lentement vers les deux qui accouraient.

Tout à coup, je me précipitai sur le premier et je l'assommai avec la crosse de mon fusil. Je ne me souciais pas de faire feu, de peur que l'explosion ne fût entendue des autres, quoique, à cette distance, cela ne se pût guère. Ayant donc assommé celui-ci, l'autre qui le suivait s'arrêta comme s'il eût été effrayé. J'allai à grands pas vers lui ; mais, quand je m'en fus approché, je le vis armé d'un arc et prêt à décocher une flèche contre moi. Placé ainsi dans la nécessité de tirer le premier, je le fis et je le tuai du coup.

Le pauvre sauvage échappé avait fait halte ; mais, bien qu'il vît ses deux ennemis mordre la poussière, il était pourtant si épouvanté du feu et du bruit de mon arme, qu'il demeura pétrifié, n'osant aller ni en avant, ni en arrière. Il me parut cependant plutôt disposé à s'enfuir encore qu'à s'approcher. Je l'appelai de nouveau et lui fis signe de venir, ce qu'il comprit facilement. Il fit alors quelques pas et s'arrêta, puis s'avança un peu plus et s'arrêta encore ; et je m'aperçus qu'il tremblait comme s'il eût été fait prisonnier et sur le point d'être tué comme ses deux ennemis. Je lui fis signe encore de venir à moi. Je lui souriais, je le regardais aimablement et l'invitais toujours à s'avancer. Enfin, il s'approcha de moi ; puis, s'agenouillant encore, baisa la terre, mit sa tête sur la terre, prit mon pied et mit mon pied sur sa tête : ce fut, il me semble, un serment juré d'être à jamais mon esclave.

Je le relevai, je lui fis des caresses et le rassurai par tout ce que je pus. Mais la besogne n'était pas achevée ; car je m'aperçus alors que le sauvage que j'avais assommé n'était pas tué, mais seulement étourdi, et qu'il commençait à se remettre. Je le montrai du doigt à mon sauvage, en lui faisant remarquer qu'il n'était pas mort. Sur ce, il me dit quelques mots, qui, bien que je ne les comprisse pas, me furent bien doux à entendre ; car c'était le premier son de voix humaine, la mienne exceptée, que j'eusse ouï depuis vingt-cinq ans. Mais l'heure de m'abandonner à de pareilles réflexions n'était pas venue ; le sauvage abasourdi avait recouvré assez de force pour se mettre sur son séant, et je m'apercevais que le mien commençait à s'en effrayer. Quand je vis cela, je pris mon second fusil et couchai en joue notre homme, comme si j'eusse voulu tirer sur lui. Là-dessus, mon sauvage, car dès lors je pouvais l'appeler ainsi, me demanda que je lui prêtasse mon sabre, qui pendait nu à mon côté ; je le lui donnai : il ne l'eut pas plus tôt, qu'il courut à son ennemi et, d'un seul coup, lui trancha la tête si adroitement qu'il n'y a pas en Allemagne[1] un bourreau qui l'eût fait ni plus vite ni mieux. Après cet exploit, il revint à moi, riant en signe de triomphe et, avec une foule de gestes que je ne compris pas, il déposa à mes pieds mon sabre et la tête du sauvage.

Sur ce, il me fit signe qu'il voulait enterrer les deux cadavres pour que les autres, s'ils accouraient, ne pussent les voir. Je le lui permis, et il se jeta à l'ouvrage. En un instant, il eut creusé avec

1. Au XVIIe siècle, l'Allemagne était, en quelque sorte, « réputée » pour ses bourreaux, qui se voyaient parfois gratifiés des titres et privilèges de la noblesse. (*N.d.É.*)

ses mains un trou dans le sable assez grand pour y ensevelir le premier, qu'il y traîna et qu'il recouvrit ; il en fit de même pour l'autre. Je pense qu'il ne mit pas plus d'un quart d'heure à les enterrer tous les deux. Je le rappelai alors et l'emmenai, non dans mon château, mais dans la caverne que j'avais plus avant dans l'île. Je fis ainsi mentir cette partie de mon rêve qui lui donnait mon bocage pour abri. Là, je lui offris du pain, une grappe de raisin et de l'eau, dont je vis qu'il avait vraiment grand besoin à cause de sa course. Lorsqu'il se fut restauré, je lui fis signe d'aller se coucher et de dormir, en lui montrant un tas de paille de riz avec une couverture dessus, qui me servait de lit quelquefois à moi-même. La pauvre créature se coucha donc et s'endormit.

C'était un grand beau garçon, svelte et bien tourné, et, à mon estime, d'environ vingt-six ans. Il avait un bon maintien, l'aspect ni arrogant ni farouche, et quelque chose de très mâle dans la face ; cependant, il avait aussi toute l'expression douce et molle d'un Européen, surtout quand il souriait. Sa chevelure était longue et noire, et non pas crépue comme de la laine. Son front était haut et large, ses yeux vifs et pleins de feu. Son teint n'était pas noir, mais très basané ; il approchait plutôt d'une légère couleur d'olive foncé, plus agréable en soi que facile à décrire. Il avait le visage rond et potelé, le nez petit et non pas aplati comme ceux des Nègres, la bouche belle, les lèvres minces, les dents fines, bien rangées et blanches comme ivoire.

Après avoir sommeillé plutôt que dormi environ une demi-heure, il s'éveilla et sortit de la caverne pour me rejoindre ; car j'étais allé traire mes chèvres, parquées dans l'enclos près de là. Quand il m'aperçut, il vint à moi en courant et se jeta à terre avec toutes les marques possibles d'une humble reconnaissance, qu'il manifestait par une foule de grotesques gesticulations. Puis il posa sa tête à plat sur la terre, prit l'un de mes pieds et le posa sur sa tête, comme il avait déjà fait ; puis il m'adressa tous les signes imaginables d'assujettissement, de servitude et de soumission, pour me donner à connaître combien était grand son désir de s'attacher à moi pour la vie. Je le comprenais en beaucoup de choses, et je lui témoignais que j'étais fort content de lui.

«Il posa sa tête à plat sur la terre, prit l'un de mes pieds et le posa sur sa tête, comme il avait déjà fait» (page 199)

VENDREDI

En peu de temps, je commençai à lui parler et à lui apprendre à me parler. D'abord, je lui fis savoir que son nom serait Vendredi ; c'était le jour où je lui avais sauvé la vie, et je l'appelai ainsi en mémoire de ce jour. Je lui enseignai également à m'appeler *maître*, à dire *oui* et *non*, et je lui appris ce que ces mots signifiaient. Je lui donnai ensuite du lait dans un pot de terre ; j'en bus le premier, j'y trempai mon pain et lui donnai un gâteau pour qu'il fît de même : il s'en accommoda aussitôt et me fit signe qu'il trouvait cela fort bon.

Je demeurai là toute la nuit avec lui ; mais, dès que le jour parut, je lui fis comprendre qu'il fallait me suivre et que je lui donnerais des vêtements ; il parut charmé de cela, car il était absolument nu.

Comme nous passions par le lieu où il avait enterré les deux hommes, il me le désigna exactement et me montra les marques qu'il avait faites pour le reconnaître, en me faisant signe que nous devrions les déterrer et les manger. Là-dessus, je parus fort en colère ; je lui exprimai mon horreur en faisant comme si j'allais vomir à cette pensée, et je lui enjoignis de la main de passer outre*, ce qu'il fit sur-le-champ avec une grande soumission. Je l'emmenai alors sur le sommet de la montagne, pour voir si les ennemis étaient partis ; et, braquant ma longue-vue, je découvris parfaitement la place où ils avaient été, mais aucune apparence d'eux ni de leurs canots. Il était donc positif qu'ils étaient partis et qu'ils avaient laissé derrière eux leurs deux camarades sans faire aucune recherche.

Mais cette découverte ne me satisfaisait pas : ayant alors plus de courage et, conséquemment, plus de curiosité, je pris mon Vendredi avec moi, je lui mis une épée à la main, sur le dos l'arc et les flèches, dont je le trouvai très adroit à se servir ; je lui donnai aussi à porter un fusil pour moi ; j'en pris deux moi-même, et nous marchâmes vers le lieu où avaient été les sauvages, car je désirais en avoir de plus amples nouvelles.

Quand j'y arrivai, mon sang se glaça dans mes veines, et mon cœur défaillit à un horrible spectacle. C'était vraiment chose terrible à voir, du moins pour moi, car cela ne fit rien à Vendredi. La place était couverte d'ossements humains, la terre teinte de sang ; çà et là étaient des morceaux de chair à moitié mangés, déchirés et rôtis, en un mot toutes les traces d'un festin de triomphe qu'ils avaient fait là après une victoire sur leurs ennemis.

Je commandai à Vendredi de ramasser ces crânes, ces os, ces tronçons et tout ce qui restait, de les mettre en un monceau et de faire un grand feu dessus pour les réduire en cendres.

Lorsqu'il eut fait cela, nous nous en retournâmes à notre château, et là je me mis à travailler avec mon serviteur Vendredi. Avant tout, je lui donnai une paire de caleçons de toile que j'avais tirée du coffre du pauvre canonnier dont il a été fait mention, et que j'avais trouvée dans le bâtiment naufragé : avec un léger changement, elle lui alla très bien.

Je lui fabriquai ensuite une casaque de peau de chèvre aussi bien que me le permit mon savoir : j'étais devenu alors un assez bon tailleur ; puis je lui donnai un bonnet très commode et assez *fashionable**, que j'avais fait avec une peau de lièvre. Il fut ainsi passablement habillé pour le moment, et on ne peut plus ravi de se voir presque aussi bien vêtu que son maître.

Le lendemain du jour où je vins avec lui à ma huche*, je commençai à examiner où je pourrais le loger. Afin qu'il fût commodément pour lui et, cependant, très convenablement pour moi, je lui élevai une petite cabane dans l'espace vide entre mes deux fortifications, en dedans de la dernière et en dehors de la première. Comme il y avait là une ouverture donnant dans ma grotte, je façonnai une bonne huisserie et une porte de planches que je posai dans le passage, un peu en dedans de l'entrée. Cette porte était ajustée pour ouvrir à l'intérieur. La nuit, je la barrais et retirais aussi mes deux échelles. Quant aux armes, je les prenais toutes avec moi pendant la nuit.

Mais je n'avais pas besoin de tant de précautions, car jamais homme n'eut un serviteur plus sincère, plus aimant, plus fidèle que Vendredi. Sans passions, sans obstination, sans volonté, complaisant et affectueux, son attachement pour moi était celui d'un enfant pour son père. J'ose dire qu'il aurait sacrifié sa vie pour sauver la mienne en toute occasion. La quantité de preuves qu'il m'en donna mit cela hors de doute, et je fus bientôt convaincu que, pour ma sûreté, il n'était pas nécessaire d'user de précautions à son égard.

J'étais enchanté de lui et je m'appliquais à lui enseigner à faire tout ce qui était propre à le rendre utile, adroit, entendu, mais surtout à me parler et à me comprendre, et je le trouvai le meilleur écolier qui fût jamais. Il était si gai, si constamment assidu et si content quand il pouvait m'entendre ou se faire entendre de moi, qu'il m'était vraiment agréable de causer avec lui. Alors ma vie commençait à être si douce que je me disais : « Si je n'avais pas à redouter les sauvages, volontiers je demeurerais en ce lieu aussi longtemps que je vivrais. »

Trois ou quatre jours après mon retour au château, je pensai que, pour détourner Vendredi de son horrible nourriture accoutumée et de son appétit cannibale, je devais lui faire goûter d'autre viande : je l'emmenai donc un matin dans les bois. Chemin faisant, je vis une chèvre couchée à l'ombre, avec deux jeunes chevreaux à ses côtés. Là-dessus, j'arrêtai Vendredi.

– Holà ! Ne bouge pas, lui dis-je en lui faisant signe de ne pas remuer.

Au même instant, je mis mon fusil en joue, je tirai et je tuai un des chevreaux. Le pauvre diable, qui m'avait vu, il est vrai, tuer à une grande distance le sauvage son ennemi, mais qui n'avait pu imaginer comment cela s'était fait, fut jeté dans une étrange surprise. Il tremblait, il chancelait et avait l'air si consterné que je pensai le voir tomber en défaillance. Il ne regarda pas le chevreau sur lequel j'avais fait feu, ou ne s'aperçut pas que je l'avais tué, mais il arracha sa veste pour s'assurer s'il n'était point blessé lui-même.

« Comme j'avais un vase convenable, j'en mis bouillir ou consommer quelques morceaux, et je fis un excellent bouillon » (page 207)

ÉDUCATION DE VENDREDI

Son étonnement fut tel que, de longtemps, il n'en put revenir ; et je crois que, si je l'eusse laissé faire, il m'aurait adoré, moi et mon fusil. Quant au fusil lui-même, il n'osa pas y toucher de plusieurs jours ; mais, lorsqu'il en était près, il lui parlait et l'implorait comme s'il eût pu lui répondre. C'était, je l'appris dans la suite, pour le prier de ne pas le tuer.

J'apportai le chevreau à la maison et, le même soir, je l'écorchai et je le dépeçai de mon mieux. Comme j'avais un vase convenable, j'en mis bouillir ou consommer quelques morceaux, et je fis un excellent bouillon. Après que j'eus tâté de cette viande, j'en donnai à mon serviteur, qui en parut très content et trouva cela fort de son goût. Mais ce qui le surprit beaucoup, ce fut de me voir manger du sel avec la viande. Il me fit signe que le sel n'était pas bon à manger, et, en ayant mis un peu dans sa bouche, son cœur sembla se soulever, il le cracha et le recracha, puis se rinça la bouche avec de l'eau fraîche.

À mon tour, je pris une bouchée de viande sans sel, et je me mis à cracher et à crachoter aussi vite qu'il avait fait ; mais cela ne le décida point, et il ne se soucia jamais de saler sa viande ou son bouillon, si ce n'est que fort longtemps après, et encore ce ne fut que très peu.

Après lui avoir fait ainsi goûter du bouilli et du bouillon, je résolus de le régaler, le lendemain, d'une pièce de chevreau rôti. Quand il vint à manger de ce rôti, il s'y prit de tant de manières pour me faire savoir combien il le trouvait à son goût, que je n'eusse pu ne pas le comprendre. Enfin, il me déclara que, désormais, il ne mangerait plus d'aucune chair humaine, ce dont je fus fort aise.

Le jour suivant, je l'occupai à piler du blé et à bluter*, suivant la manière que je mentionnai autrefois. Il apprit promptement à faire cela aussi bien que moi, après surtout qu'il eut compris quel en était le but, et que c'était pour faire du pain, car ensuite je lui montrai à pétrir et à cuire au four. En peu de temps, Vendredi devint capable d'exécuter toute ma besogne aussi bien que moi-même.

Je commençai alors à réfléchir qu'ayant deux bouches à nourrir au lieu d'une, je devais me pourvoir de plus de terrain pour ma moisson et semer une plus grande quantité de grain que de coutume. Je choisis donc une plus grande pièce de terre et me mis à l'enclore de la même façon que mes autres champs, ce à quoi Vendredi travailla non seulement volontiers et de tout cœur, mais très joyeusement. Je lui dis que c'était pour avoir du blé de quoi faire plus de pain, parce qu'il était maintenant avec moi et afin que je pusse en avoir assez pour lui et pour moi-même. Il parut très sensible à cette attention et me fit connaître qu'il pensait que je prenais beaucoup plus de peine pour lui que pour moi, et qu'il travaillerait plus rudement si je voulais lui dire ce qu'il fallait faire.

Cette année fut la plus agréable de toutes celles que je passai dans l'île. Vendredi commençait à parler assez bien et à entendre le nom de presque toutes les choses que j'avais occasion de nommer et de tous les lieux où j'avais à l'envoyer. Il jasait beaucoup, de sorte qu'en peu de temps je recouvrai l'usage de ma langue, qui auparavant m'était fort peu utile, du moins quant à la parole. Outre le plaisir que je puisais dans sa conversation, j'avais à me louer de lui-même tout particulièrement ; sa simple et naïve candeur m'apparaissait de plus en plus chaque jour. Je commençais réellement à aimer cette créature, qui, de son côté, je crois, m'aimait plus que tout ce qu'il lui avait été possible d'aimer jusque-là.

Un jour, je lui demandai combien il y avait de notre île au continent, et si les canots rarement périssaient. Il me répondit qu'il n'y avait point de danger, que jamais il ne se perdait un canot ; qu'un peu plus avant en mer on trouvait dans la matinée toujours le même courant et le même vent, et dans l'après-midi un vent et un courant opposés.

Je m'imaginai d'abord que ce n'était autre chose que les mouvements de la marée, le jusant* et le flot ; mais je compris dans la suite que la cause de cela était le grand flux et reflux de la puissante rivière de l'Orénoque – dans l'embouchure de laquelle, comme je le reconnus plus tard, notre île était située –, et que la terre que je découvrais à l'ouest et au nord-ouest était la grande île de la Trinité, sise à la pointe septentrionale des bouches de ce fleuve. J'adressai à Vendredi mille questions touchant la contrée, les habitants, la mer, les côtes et les peuples qui en étaient voisins, et il me dit tout ce qu'il savait avec la plus grande ouverture de cœur imaginable.

Il me raconta que, bien loin par-delà la lune, il voulait dire par-delà le couchant de la lune, ce qui doit être à l'ouest de leur contrée, il y avait, me montrant du doigt mes grandes moustaches, dont autrefois je fis mention, des hommes blancs et barbus comme moi, et qu'ils avaient tué beaucoup hommes, ce fut son expression. Je compris qu'il désignait par là les Espagnols, dont les cruautés en Amérique se sont étendues sur tous ces pays, cruautés dont chaque nation garde un souvenir qui se transmet de père en fils.

Je lui demandai encore s'il savait comment je pourrais aller de mon île jusqu'à ces hommes blancs. Il me répondit :

– Oui, oui, pouvoir y aller dans deux canots.

Je n'imaginais pas ce qu'il voulait dire par deux canots. À la fin, cependant, je compris, non sans grande difficulté, qu'il fallait être dans un grand et large bateau aussi gros que deux pirogues.

Cette partie du discours de Vendredi me fit grand plaisir; et, depuis lors, je conçus quelque espérance de pouvoir trouver une fois ou autre l'occasion de m'échapper de ce lieu avec l'assistance que ce pauvre sauvage me prêterait.

Durant tout le temps que Vendredi avait passé avec moi depuis qu'il avait commencé à me parler et à me comprendre, je n'avais pas négligé de jeter dans son âme le fondement des connaissances religieuses.

Un jour, entre autres, je lui demandai qui avait fait la mer, la terre où il marchait, et les montagnes et les bois. Il me répondit que c'était le vieillard Benamuckée, qui vivait au-delà de tout. Il ne put rien ajouter sur ce grand personnage, sinon qu'il était très vieux; beaucoup plus vieux, disait-il, que la mer ou la terre, que la lune ou les étoiles. Je pris de là occasion de l'instruire dans la connaissance du vrai Dieu. Je lui dis que le grand Créateur de toutes choses vit là-haut, en lui désignant du doigt le ciel; qu'il gouverne le monde avec le même pouvoir et la même providence par lesquels il l'a créé; qu'il est tout-puissant et peut faire tout pour nous, nous donner tout et nous ôter tout. Ainsi, par degrés, je lui ouvris les yeux.

Il m'écoutait avec une grande attention et recevait avec plaisir la notion de Jésus-Christ – envoyé pour nous racheter – et de notre manière de prier Dieu, qui peut nous entendre, même dans le ciel.

Il me dit un jour que, si notre Dieu pouvait nous entendre de par-delà le soleil, il devait être un plus grand Dieu que leur Benamuckée, qui ne vivait pas si loin, et cependant ne pouvait les entendre, à moins qu'ils ne vinssent lui parler sur les grandes montagnes, où il faisait sa demeure.

Je lui demandai s'il était jamais allé lui parler. Il me répondit que non ; que les jeunes gens n'y allaient jamais, que personne n'y allait que les vieillards, qu'il nommait leurs Oowookakée, c'est-à-dire, je me le fis expliquer par lui, leurs religieux ou leur clergé, et que ces vieillards allaient lui dire : « Ô ! » – c'est ainsi qu'il appelait faire des prières – puisque, lorsqu'ils revenaient, ils leur rapportaient ce que Benamuckée avait dit.

Je fis mes efforts pour rendre sensible à mon serviteur Vendredi la supercherie de ces vieillards, en lui disant que leur prétention d'aller sur les montagnes pour dire « Ô ! » à leur dieu Benamuckée était une imposture, que les paroles qu'ils lui attribuaient l'étaient bien plus encore, et que, s'ils recevaient là quelques réponses et parlaient réellement avec quelqu'un, ce devait être avec un mauvais esprit. Alors j'entrai en un long discours touchant le diable, son origine, sa rébellion contre Dieu, sa haine pour les hommes, la raison de cette haine, son penchant à se faire adorer dans les parties obscures du monde au lieu de Dieu et comme Dieu, et la foule de stratagèmes dont il use pour entraîner le genre humain à sa ruine.

Je trouvai qu'il n'était pas aussi facile d'imprimer dans son esprit de justes notions sur le diable qu'il l'avait été de lui en donner sur l'existence d'un Dieu.

Le pauvre garçon m'embarrassa un jour tellement par une question purement naturelle et innocente, que je sus à peine que lui dire. Venant à lui conter que le démon était l'ennemi de Dieu dans le cœur de l'homme, et qu'il usait toute sa malice et son habileté à renverser les bons desseins de la Providence et à ruiner le royaume de Christ sur la terre :

– Eh bien ! interrompit Vendredi, si Dieu beaucoup plus fort, beaucoup plus puissance que le diable, pourquoi Dieu pas tuer le diable pour faire lui non plus méchant ?

Je fus étrangement surpris à cette question. Ne sachant que dire, je fis semblant de ne pas l'entendre et lui demandai ce qu'il disait. Mais il tenait trop à une réponse pour oublier sa question, et il la répéta de même, dans son langage décousu.

J'avais eu le temps de me remettre un peu ; je lui dis :

– Dieu veut le punir sévèrement à la fin : il le réserve pour le jour du Jugement, où il sera jeté dans l'abyme sans fond, pour demeurer dans le feu éternel.

Ceci ne satisfit pas Vendredi ; il revint à la charge en répétant mes paroles :

– Réservé à la fin ! Moi pas comprendre ; mais pourquoi non tuer le diable maintenant, pourquoi pas tuer grand auparavant ?

– Tu pourrais aussi bien me demander, repartis-je, pourquoi Dieu ne nous tue pas, toi et moi, quand nous faisons des choses méchantes qui l'offensent ; il nous conserve pour que nous puissions nous repentir et puissions être pardonnés.

Après avoir réfléchi un moment à cela :

– Bien, bien, dit-il très affectueusement, cela est bien ; ainsi vous, moi, diable, tous méchants, tous préserver, tous repentir, Dieu pardonner tous.

Il y avait, Dieu le sait, plus de sincérité que de science dans toutes les méthodes que je pris pour l'instruction de cette malheureuse créature, et je dois reconnaître qu'en lui exposant les choses d'une façon évidente, je m'instruisis moi-même en plusieurs choses que j'ignorais ou que je n'avais pas approfondies auparavant, mais qui se présentèrent naturellement à mon esprit quand je me pris à les fouiller pour l'enseignement de ce pauvre sauvage. En cette occasion, je mis même à la recherche de ces choses plus de ferveur que je ne m'en étais senti de ma vie. Si bien que j'aie réussi ou non avec cet infortuné, je n'en avais pas moins de fortes raisons pour remercier le Ciel de me l'avoir envoyé.

Dans cet esprit de reconnaissance, j'achevai le reste de mon exil. Mes conversations avec

Vendredi employaient si bien mes heures, que je passai les trois années que nous vécûmes là ensemble parfaitement et complètement heureux, si toutefois il est une condition sublunaire qui puisse être appelée bonheur parfait. Le sauvage était alors un bon chrétien, un bien meilleur chrétien que moi ; quoique – Dieu en soit béni ! – j'aie quelque raison d'espérer que nous étions également pénitents, et des pénitents consolés et régénérés.

DÉBARQUEMENT DU CAPITAINE ANGLAIS

J'étais, un matin, profondément endormi dans ma huche*; tout à coup mon serviteur Vendredi vint en courant vers moi et me cria :

– Maître, maître, ils sont venus ! ils sont venus !

Je sautai à bas du lit et m'élançai à travers mon petit bocage ; tournant mes yeux vers la mer, j'aperçus, à environ une lieue et demie de distance, une embarcation qui portait le cap sur mon île à la faveur d'un assez bon vent. Je remarquai aussi qu'elle ne venait point de ce côté où la terre était située, mais de la pointe la plus méridionale de l'île.

Je courus chercher ma longue-vue, pour voir ce que j'aurais à faire. Je dressai mon échelle et je grimpai sur le sommet du rocher, comme j'avais coutume de faire lorsque j'appréhendais quelque chose et que je voulais planer au loin sans me découvrir.

À peine avais-je mis le pied sur le rocher, que mon œil distingua parfaitement un navire à l'ancre, à environ deux lieues et demie de moi au sud-sud-est, mais seulement à une lieue et demie du rivage. Par mes observations, je reconnus, à n'en pas douter, que le bâtiment devait être anglais, et l'embarcation une chaloupe anglaise.

Je ne saurais exprimer le trouble où je tombai, bien que la joie de voir un navire, et un navire que j'avais raison de croire monté par mes compatriotes, et par conséquent des amis, fût telle, que je ne puis la dépeindre. Cependant, des doutes secrets dont j'ignorais la source m'enveloppaient et me commandaient de veiller sur moi.

Je me pris d'abord à considérer quelle affaire un vaisseau anglais pouvait avoir dans cette partie du monde, puisque ce n'était ni pour aller, ni pour revenir, le chemin d'aucun des pays où l'Angleterre a quelque comptoir. Je savais qu'aucune tempête n'avait pu le faire dériver de ce côté en état de détresse. S'ils étaient réellement anglais, il était donc plus que probable qu'ils ne venaient pas avec de bons desseins ; et il valait mieux pour moi demeurer comme j'étais que de tomber entre les mains de voleurs et de meurtriers.

Je ne me tins pas longtemps dans cette position sans voir l'embarcation approcher du rivage, comme si elle cherchait une crique pour y pénétrer et accoster la terre commodément. Toutefois, comme elle ne remonta pas tout à fait assez loin, l'équipage n'aperçut pas la petite anse où j'avais autrefois abordé avec mes radeaux, et tira la chaloupe sur la grève à environ un demi-mille de moi.

Quand ils furent sur le rivage, je me convainquis pleinement qu'ils étaient anglais, au moins pour la plupart. Il y avait en tout onze hommes, dont je trouvai que trois étaient sans armes et – autant que je pus voir – garrottés. Les premiers quatre ou cinq qui descendirent à terre firent sortir ces trois de la chaloupe, comme des prisonniers. Je pus distinguer que l'un de ces trois faisait les gestes les plus passionnés, des gestes d'imploration, de douleur et de désespoir, allant jusqu'à une sorte d'extravagance.

Les deux autres, je le distinguai aussi, levaient quelquefois leurs mains au ciel et, à la vérité, paraissaient affligés, mais pas aussi profondément que le premier.

Je demeurai tremblant d'horreur à ce spectacle, m'attendant à tout moment que les trois prisonniers seraient massacrés. Je vis même une fois un de ces scélérats lever un grand coutelas ou poignard – comme l'appellent les marins – pour frapper un de ces malheureux hommes. Je crus que c'était fait de lui, tout mon sang se glaça dans mes veines.

Je souhaitais de trouver quelque moyen d'arriver inaperçu à portée de fusil de ces bandits pour délivrer les trois hommes; car je ne leur voyais point d'armes à feu. Mais un autre expédient se présenta à mon esprit.

Après avoir remarqué l'outrageux traitement fait aux trois prisonniers par l'insolent matelot, je vis que ses compagnons se dispersèrent par toute l'île, comme s'ils voulaient reconnaître le pays. Je remarquai aussi que les trois autres avaient la liberté d'aller où il leur plairait ; mais ils s'assirent tous trois à terre, très mornes et l'œil hagard, comme des hommes au désespoir.

Ceci me fit souvenir du premier moment où j'abordai dans l'île et commençai à considérer ma position.

De même que, cette nuit-là, je ne me doutais pas du secours que j'allais recevoir du providentiel entraînement vers le rivage du vaisseau qui, depuis, me nourrit et m'entretint si longtemps ; de même, ces trois pauvres désolés ne soupçonnaient pas combien leur délivrance et leur consolation étaient assurées, combien elles étaient prochaines, et combien effectivement et réellement ils étaient en état de salut au moment même où ils se croyaient perdus et dans un cas désespéré.

C'était justement au plus haut de la marée montante que ces gens étaient venus à terre ; et, tantôt pourparlant avec leurs prisonniers, et tantôt rôdant pour voir dans quelle espèce de lieu ils avaient mis le pied, ils s'étaient amusés négligemment jusqu'à ce que la marée fût passée et que l'eau se fût retirée considérablement, laissant leur chaloupe échouée.

Je savais qu'elle ne pourrait être à flot avant dix heures et qu'alors, faisant sombre, je serais plus à même d'observer leurs mouvements et d'écouter leurs propos, s'ils en tenaient.

Dans ces entrefaites, je me préparai pour le combat. J'ordonnai pareillement à Vendredi, dont j'avais fait un excellent tireur, de se munir d'armes. Je pris moi-même deux fusils de chasse et je lui donnai trois mousquets. Ma figure était vraiment farouche : j'avais ma formidable casaque de peau de chèvre, avec le grand bonnet que j'ai mentionné, un sabre, deux pistolets à ma ceinture et un fusil sur chaque épaule.

Mon dessein était de ne faire aucune tentative avant qu'il fît nuit ; mais, vers deux heures environ, au plus chaud du jour, je m'aperçus qu'en rôdant ils étaient tous allés dans les bois, sans doute pour s'y coucher et dormir.

Les trois pauvres infortunés, trop inquiets sur leur sort pour goûter le sommeil, étaient cependant étendus à l'ombre d'un grand arbre, à environ un quart de mille de moi, et probablement hors de la vue des autres.

Sur ce, je résolus de me découvrir à eux et d'apprendre quelque chose de leur condition.

«Je courus chercher ma longue-vue, pour voir ce que j'aurais à faire» (page 217)

OFFRES DE SERVICE

Je me glissai inaperçu aussi près qu'il me fut possible et, avant qu'aucun d'eux m'eût découvert, je leur criai en espagnol :

– Qui êtes-vous, *gentlemen* ?

Ils se levèrent à ce bruit ; mais ils furent deux fois plus troublés quand ils me virent, moi et la figure rébarbative que je faisais. Ils restèrent muets quand je leur adressai la parole en anglais :

– *Gentlemen*, dis-je, ne soyez point surpris de ma venue ; peut-être avez-vous auprès de vous un ami, bien que vous ne vous y attendissiez pas.

– Il faut alors qu'il soit envoyé du Ciel, me répondit l'un d'eux très gravement, car notre condition passe tout secours humain.

– Tout secours vient du Ciel, monsieur, répliquai-je. Mais ne pourriez-vous pas mettre un étranger à même de vous secourir, car vous semblez plongé dans quelque grand malheur ?

Le pauvre homme, tremblant, la figure baignée de larmes, et dans l'ébahissement, s'écria :

– Parlé-je à un dieu ou à un homme ? En vérité, êtes-vous un homme ou un ange ?

– Soyez sans crainte, répondis-je ; si Dieu avait envoyé un ange pour vous secourir, il serait venu mieux vêtu et armé que je ne suis. Mettez de côté vos craintes, je suis un homme, un Anglais prêt à vous secourir ; vous le voyez, j'ai seulement un serviteur, mais nous avons des armes et des munitions ; pouvons-nous vous servir ? Dites quelle est votre infortune.

– Monsieur, je suis capitaine de ce vaisseau : mon équipage s'est mutiné contre moi, j'ai obtenu à grande peine qu'il ne me tuerait pas et, enfin, d'être déposé au rivage, dans ce lieu désert, ainsi que ces deux hommes ; l'un est mon second et l'autre un passager.

– Fort bien, dis-je, c'est chose facile que de les tuer tous. Mais ne vaudrait-il pas mieux les faire prisonniers ?

Il me dit alors que, parmi eux, il y avait deux désespérés coquins à qui il ne serait pas trop prudent de faire grâce ; mais que, si on s'en assurait, il pensait que tous les autres retourneraient à leur devoir. Je lui demandai lesquels c'étaient. Il me dit qu'à cette distance il ne pouvait les indiquer, mais qu'il obéirait à mes ordres dans tout ce que je voudrais commander.

– Eh bien, dis-je, retirons-nous hors de leur vue et de leur portée d'entendre, de peur qu'ils ne s'éveillent, et nous délibérerons plus à fond.

Puis, volontiers, ils s'éloignèrent avec moi jusqu'à ce que les bois nous eussent cachés.

– Voyez, monsieur, lui dis-je, si j'entreprends votre délivrance, êtes-vous prêt à faire deux conditions avec moi ? Les voici : 1° Tant que vous demeurerez dans cette île avec moi, vous ne prétendrez ici à aucune autorité. 2° Si le navire est, ou peut être, recouvré, vous me transporterez gratuitement, moi et mon serviteur, en Angleterre.

Il me donna toutes les assurances que l'imagination et la bonne foi humaines puissent inventer.

– Eh bien, dis-je alors, voici trois mousquets pour vous, avec de la poudre et des balles ; dites-moi ce que vous pensez convenable de faire.

Il me témoigna toute la gratitude dont il était capable, mais il me demanda à se laisser entièrement guider par moi. Je lui dis que le meilleur parti, selon moi, était de faire feu sur eux tout d'un coup, pendant qu'ils étaient couchés ; que, si quelqu'un, échappant à notre première décharge, voulait se rendre, nous pourrions le sauver, et qu'ainsi nous laisserions à la providence de Dieu la direction de nos coups.

Il me répliqua, avec beaucoup de modération, qu'il lui fâchait de les tuer s'il pouvait faire autrement ; mais que, pour ces deux incorrigibles vauriens qui avaient été les auteurs de toute la mutinerie dans le bâtiment, s'ils échappaient, nous serions perdus ; car ils iraient à bord et ramèneraient tout l'équipage pour nous tuer.

– Cela étant, dis-je, la nécessité confirme mon avis : c'est le seul moyen de sauver notre vie.

Cependant, lui voyant toujours de l'aversion pour répandre le sang, je lui dis de s'avancer avec ses compagnons et d'agir comme ils le jugeraient convenable. Au milieu de cet entretien, nous en entendîmes quelques-uns se réveiller et, bientôt après, nous en vîmes deux sur pied. Je demandai au capitaine s'ils étaient les chefs de la mutinerie ; il me répondit que non.

– Eh bien ! laissez-les se retirer, la Providence semble les avoir éveillés à dessein de leur sauver la vie. Maintenant, si les autres vous échappent, c'est votre faute.

Animé par ces paroles, il prit à la main le mousquet que je lui avais donné, un pistolet à sa ceinture, et s'avança avec ses deux compagnons, armés également chacun d'un fusil. Marchant devant, ces deux hommes firent quelque bruit : un des matelots, qui s'était éveillé, se retourna, et les voyant venir, il se mit à appeler les autres ; mais il était trop tard, car au moment où il cria, les deux hommes firent feu. Ils avaient si bien visé les meneurs, qu'ils connaissaient, que l'un d'eux fut tué sur la place, et l'autre grièvement blessé.

N'étant point frappé à mort, il se dressa sur ses pieds et appela vivement à son aide ; mais le capitaine le joignit et lui dit qu'il était trop tard pour crier au secours, qu'il ferait mieux de demander à Dieu le pardon de son infamie ; et il lui assena un coup de crosse qui lui coupa la parole à jamais. De cette troupe, il en restait encore trois, dont l'un était légèrement blessé. J'arrivai en ce moment ; et quand ils virent qu'il serait inutile de faire de la résistance, ils implorèrent miséricorde. Et, comme le capitaine inclinait à leur laisser la vie sauve, je n'allai point à l'encontre ; je l'obligeai seulement à les garder pieds et mains liés tant qu'ils seraient dans l'île.

Sur ces entrefaites, j'envoyai Vendredi et le second du capitaine vers la chaloupe, avec ordre de s'en assurer et d'emporter les avirons et la voile ; ce qu'ils firent. Aussitôt, trois matelots qui s'étaient écartés des autres revinrent au bruit des mousquets ; et, voyant leur capitaine, de leur prisonnier qu'il était, devenu leur vainqueur, ils consentirent à se laisser garrotter aussi ; et notre victoire fut complète.

Il ne restait plus alors au capitaine et à moi qu'à nous ouvrir réciproquement sur notre position. Je commençai le premier et lui contai mon histoire entière, qu'il écouta avec une attention qui allait jusqu'à l'ébahissement. Après que cette conversation fut terminée, je les conduisis, lui et ses deux compagnons, dans mon logis. Là, pour se rafraîchir, je leur offris les provisions que je me trouvais avoir, puis je leur montrai toutes les inventions dont je m'étais ingénié pendant mon long séjour en ce lieu. Tout ce que je leur faisais voir, tout ce que je leur disais excitait leur étonnement. Mais le capitaine admira surtout mes fortifications, et combien j'avais habilement masqué ma retraite par un fourré d'arbres. Je lui dis que c'était là mon château et ma résidence, mais que j'avais aussi, comme la plupart des princes, une maison de plaisance à la campagne, et que je la lui montrerais une autre fois; mais que, pour le présent, notre affaire était de songer aux moyens de recouvrer le vaisseau. Il en convint avec moi, mais il m'avoua qu'il ne savait vraiment quelles mesures prendre.

– Il y a encore à bord, dit-il, vingt-six hommes qui, ayant trempé dans une abominable conspiration, voudront pousser les choses à bout; car ils n'ignorent pas que, s'ils étaient réduits, ils seraient pendus en arrivant en Angleterre ou dans quelqu'une de ses colonies. Nous sommes en trop petit nombre pour nous permettre de les attaquer.

Je réfléchis quelque temps sur cette objection et j'en trouvai la conclusion très raisonnable.

Là-dessus je lui dis:

– La première chose que nous avons à faire est de nous assurer de la chaloupe qui gît sur la grève, de telle sorte qu'ils ne puissent la remmener; d'emporter tout ce qu'elle contient, et de la désemparer*, si bien qu'elle soit hors d'état de voguer.

En conséquence, nous allâmes à la barque; nous prîmes les armes qui étaient restées à bord, et aussi tout ce que nous y trouvâmes, c'est-à-dire une bouteille d'eau-de-vie et une autre de rhum, quelques biscuits, une corne à poudre et un grandissime morceau de sucre dans une pièce de canevas.

TRANSLATION DES PRISONNIERS

Quand nous eûmes porté toutes ces choses à terre – les rames, le mât, la voile et le gouvernail avaient été enlevés auparavant, comme je l'ai dit –, nous fîmes un grand trou au fond de la chaloupe, afin que, s'ils venaient en assez grand nombre pour nous vaincre, ils ne pussent toutefois la remmener.

Nous nous étions assis pour songer à ce que nous avions à faire ; et, tandis que nous concertions nos plans, nous entendîmes tirer un coup de canon, puis nous vîmes le navire faire avec son pavillon comme un signal pour rappeler la chaloupe à bord ; mais la chaloupe ne bougea pas, et il se remit de plus belle à tirer et à lui adresser des signaux. À la fin, quand il s'aperçut que ses signaux et ses coups de canon n'aboutissaient à rien et que la chaloupe ne se montrait pas, nous le vîmes, à l'aide de mes longues-vues, mettre à la mer une autre embarcation qui nagea vers le rivage ; et, tandis qu'elle s'approchait, nous reconnûmes qu'elle n'était pas montée par moins de dix hommes, munis d'armes à feu.

Le capitaine connaissait la physionomie et le caractère de tous les hommes qui se trouvaient dans l'embarcation ; il m'assura qu'il y avait parmi eux trois honnêtes garçons qui, dominés et effrayés, avaient été assurément entraînés dans le complot par les autres.

Mais, quant au maître d'équipage, qui semblait être le principal officier, et quant à tout le reste, ils étaient aussi dangereux que qui que ce fût du bâtiment et devaient sans aucun doute agir en désespérés dans leur nouvelle entreprise. Enfin, il redoutait véhémentement qu'ils ne fussent trop forts pour nous. Je me pris à sourire et lui dis :

– Pour ma part, je ne vois qu'une chose malencontreuse dans toute cette affaire. C'est qu'il y a parmi ces gens, comme vous l'avez dit, trois ou quatre honnêtes garçons qu'il faudrait épargner. S'ils avaient été tous le rebut de l'équipage, j'aurais cru que la providence de Dieu les avait séparés pour les livrer entre nos mains ; car faites fond là-dessus : tout homme qui mettra le pied sur le rivage sera nôtre, et vivra ou mourra suivant qu'il agira envers nous.

Ces paroles, prononcées d'une voix ferme et d'un air enjoué, lui redonnèrent du courage, et nous nous mîmes vigoureusement à notre besogne. Dès la première apparence d'une embarcation venant du navire, nous avions songé à écarter nos prisonniers et nous en étions parfaitement assurés.

Il y en avait deux dont le capitaine était moins sûr que des autres : je les fis conduire par Vendredi et un des trois hommes délivrés à ma caverne. Là, ils les laissèrent garrottés, mais ils leur donnèrent quelques provisions et leur promirent que, s'ils y demeuraient tranquillement, on leur rendrait leur liberté dans un jour ou deux.

Les autres prisonniers étaient mieux traités : deux d'entre eux, à la vérité, avaient les bras liés, parce que le capitaine n'osait pas trop s'y fier ; mais les deux autres avaient été pris à mon service, sur la recommandation du capitaine et sur leur promesse solennelle de vivre et de mourir avec nous. Ainsi, y compris ceux-ci et les trois braves garçons, nous étions sept hommes bien armés ; et je ne mettais pas en doute que nous ne pussions venir à bout des dix arrivants, considérant surtout ce que le capitaine avait dit, qu'il y avait trois ou quatre honnêtes hommes parmi eux.

Aussitôt qu'ils atteignirent à l'endroit où gisait leur autre embarcation, ils poussèrent la leur sur la grève et mirent pied à terre en la halant après eux.

Une fois à terre, la première chose qu'ils firent, ce fut de courir tous à l'autre embarcation ; et il fut aisé de voir qu'ils tombèrent dans une grande surprise en la trouvant dépouillée – comme il a été dit – de tout ce qui s'y trouvait et avec un grand trou dans le fond.

Après avoir pendant quelque temps réfléchi sur cela, ils poussèrent de toutes leurs forces deux ou trois grands cris pour essayer s'ils ne pourraient point se faire entendre de leurs compagnons ; mais c'était peine inutile.

Ils furent si étonnés et si atterrés de ce silence, qu'ils résolurent, comme ils nous le dirent plus tard, de se rembarquer pour retourner vers le navire et de raconter que leurs camarades avaient été massacrés et leur chaloupe défoncée.

À peine s'étaient-ils éloignés que nous les vîmes revenir au rivage, mais avec de nouvelles mesures de conduite, sur lesquelles, sans doute, ils avaient délibéré, c'est-à-dire qu'ils laissèrent trois hommes dans l'embarcation et que les autres descendirent à terre et s'enfoncèrent dans le pays pour chercher leurs compagnons.

Quand ils furent parvenus sur le versant de la colline d'où ils pouvaient planer au loin sur les vallées et les bois qui s'étendaient au nord-ouest, dans la partie la plus basse de l'île, ils se mirent à appeler et à crier jusqu'à n'en pouvoir plus. Là, n'osant pas sans doute s'aventurer loin du rivage, ni s'éloigner l'un de l'autre, ils s'assirent tous ensemble sous un arbre pour délibérer.

Après d'interminables consultations, nous les vîmes tous se lever et descendre vers la mer. Sitôt que je les aperçus se diriger vers le rivage, j'imaginai – et cela était réellement – qu'ils renonçaient à leurs recherches et se décidaient à s'en retourner. À cette seule appréhension, le capitaine, à qui j'avais communiqué cette pensée, fut près de tomber en défaillance; mais, sur-le-champ, pour les faire revenir sur leurs pas, je m'avisai d'un stratagème qui répondit complètement à mon but.

J'ordonnai à Vendredi et au second du capitaine d'aller de l'autre côté de la crique à l'ouest, vers l'endroit où étaient parvenus les sauvages lorsque je sauvai Vendredi; sitôt qu'ils seraient arrivés à une petite butte distante d'un demi-mille environ, je leur recommandai de crier aussi fort qu'ils pourraient, puis, dès que les matelots leur auraient répondu, de rebrousser chemin, et alors, se tenant hors de vue, répondant toujours quand les autres appelleraient, de prendre un détour pour les attirer au milieu des bois, aussi avant dans l'île que possible.

« C'est ainsi que j'abandonnai mon île le 19 décembre 1686, selon le calcul du navire, après y être demeuré vingt-huit ans, deux mois et dix-neuf jours » (page 249)

LA CAPITULATION

Ils étaient justement sur le point d'entrer dans la chaloupe, quand Vendredi et le second se mirent à crier. Ils les entendirent aussitôt et leur répondirent tout en courant le long du rivage à l'ouest, du côté de la voix qu'ils avaient entendue ; mais, tout à coup, ils furent arrêtés par la crique. Les eaux étant hautes, ils ne pouvaient traverser et firent venir la chaloupe pour les passer sur l'autre bord, comme je l'avais prévu. Quand ils eurent traversé, je remarquai que, la chaloupe ayant été conduite assez avant dans la crique, et pour ainsi dire dans un port, ils prirent avec eux un des trois hommes qui la montaient, et n'en laissèrent seulement que deux, après l'avoir amarrée au tronc d'un petit arbre sur le rivage.

C'était là ce que je souhaitais. Laissant Vendredi et le second du capitaine à leur besogne, j'emmenai sur-le-champ les autres avec moi, et, me rendant en tapinois au-delà de la crique, nous surprîmes les deux matelots avant qu'ils fussent sur leurs gardes, l'un couché sur le rivage, l'autre dans la chaloupe. Celui qui se trouvait à terre flottait entre le sommeil et le réveil ; et, comme il allait se lever, le capitaine, qui était le plus avancé, courut sur lui, l'assomma et cria à l'autre, qui était dans l'esquif :

– Rends-toi ou tu es mort !

Il ne fallait pas beaucoup d'arguments pour soumettre un seul homme qui voyait cinq hommes contre lui et son camarade étendu mort. Aussi, non seulement il se décida facilement à se rendre, mais, dans la suite, il se joignit sincèrement à nous.

Dans ces entrefaites, Vendredi et le second du capitaine gouvernèrent si bien leur affaire avec les autres mutins qu'en criant et répondant, ils les entraînèrent d'une colline à une autre, jusqu'à ce qu'ils les eussent horriblement fatigués, et ils ne les laissèrent que lorsqu'ils furent certains qu'ils ne pourraient regagner la chaloupe avant la nuit. Ils étaient eux-mêmes harassés quand ils revinrent auprès de nous. Il ne nous restait alors rien autre à faire qu'à les épier dans l'obscurité, pour fondre sur eux et en avoir bon marché.

Ce ne fut que plusieurs heures après le retour de Vendredi qu'ils arrivèrent à leur chaloupe. Il serait impossible de décrire quelle fut leur stupéfaction quand ils virent qu'elle était ensablée dans la crique, que la marée s'était retirée et que leurs deux compagnons avaient disparu. Nous les entendions se dire entre eux qu'ils étaient dans une île ensorcelée ; que, si elle était habitée par des hommes, ils seraient tous massacrés ; que, si elle l'était par des démons ou des esprits, ils seraient tous enlevés et dévorés.

Mes gens auraient bien désiré que je leur permisse de tomber brusquement sur eux dans l'obscurité ; mais je ne voulais les assaillir qu'avec avantage, afin de les épargner et d'en tuer le moins que je pourrais. Je voulais surtout n'exposer aucun de mes hommes à la mort, car je savais l'ennemi bien armé. Je résolus donc d'attendre pour voir s'ils ne se sépareraient point ; et j'ordonnai à Vendredi et au capitaine de se glisser à quatre pieds, aussi à plat ventre qu'il leur serait possible, pour ne pas être découverts, et de s'approcher d'eux le plus qu'ils pourraient avant de faire feu.

Il n'y avait pas longtemps qu'ils étaient dans cette posture quand le maître d'équipage, qui avait été le principal meneur de la révolte, et qui se montrait alors le plus lâche et le plus abattu de tous, tourna ses pas de leur côté, avec deux autres de la bande. Le capitaine était tellement animé en sentant ce principal vaurien si bien en son pouvoir, qu'il avait à peine la patience de le laisser assez approcher pour le frapper à coup sûr ; car, jusque-là, il n'avait qu'entendu sa voix ; et, dès qu'ils furent à sa portée, se dressant subitement sur ses pieds, ainsi que Vendredi, ils firent feu dessus.

Le maître d'équipage fut tué sur la place ; un autre fut atteint au corps et tomba près de lui, mais il n'expira qu'une ou deux heures après ; le troisième prit la fuite.

À cette détonation, je m'approchai immédiatement avec toute mon armée, qui était alors de huit hommes, savoir : moi, généralissime ; Vendredi, mon lieutenant-général ; le capitaine et ses deux compagnons, et les trois prisonniers de guerre auxquels il avait confié des armes.

Nous nous avançâmes sur eux dans l'obscurité, de sorte qu'on ne pouvait juger de notre nombre. J'ordonnai au matelot qu'ils avaient laissé dans la chaloupe, et qui était alors un des nôtres, de les appeler par leurs noms, afin d'essayer si je pourrais les amener à parlementer. Ce matelot se mit donc à crier de toute sa force à l'un d'entre eux :

– Tom Smith ! Tom Smith !

Tom Smith répondit aussitôt :

– Est-ce toi, Robinson[1] ?

Car il paraît qu'il avait reconnu sa voix.

– Oui, oui, reprit l'autre. Au nom de Dieu, Tom Smith, mettez bas les armes et rendez-vous, sans quoi vous êtes tous morts à l'instant.

– À qui faut-il nous rendre ? répliqua Smith ; où sont-ils ?

– Ils sont ici, dit Robinson : c'est notre capitaine avec cinquante hommes qui vous pourchassent depuis deux heures. Le maître d'équipage est tué, Will Frye blessé, et moi je suis prisonnier. Si vous ne vous rendez pas, vous êtes tous perdus.

– Nous donnera-t-on quartier ? dit Tom Smith, si nous nous rendons ?

1. Il est difficile de savoir pourquoi l'auteur a donné à l'un des mutins le même nom qu'à son héros. (*N.d.É.*)

Le capitaine lui-même se mit alors à crier :

– Toi, Smith, tu connais ma voix ; si vous déposez immédiatement les armes et vous soumettez, vous aurez tous la vie sauve, hormis Will Atkins.

Sur ce, Will Atkins s'écria :

– Au nom de Dieu ! capitaine, donnez-moi quartier ! Qu'ai-je fait ? Ils sont tous aussi coupables que moi.

Ce qui, au fait, n'était pas vrai ; car il paraît que ce Will Atkins avait été le premier à se saisir du capitaine au commencement de la révolte et qu'il l'avait cruellement maltraité en lui liant les mains et en l'accablant d'injures. Quoi qu'il en fût, le capitaine le somma de se rendre et de se confier à la miséricorde du gouverneur : c'est moi dont il entendait parler, car ils m'appelaient tous gouverneur.

Bref, ils déposèrent tous les armes et demandèrent la vie ; et j'envoyai pour les garrotter l'homme qui avait parlementé avec deux de ses compagnons. Il me vint alors à l'esprit que le moment de notre délivrance était venu et que ce serait une chose très facile que d'amener ces gens à s'employer de tout cœur à recouvrer le vaisseau.

Quand le capitaine vint à moi, je lui communiquai mon projet pour la prise du vaisseau. Il le trouva parfait, et résolut de le mettre à exécution le lendemain. Mais, pour l'exécuter avec plus d'artifice et en assurer le succès, je lui dis qu'il fallait que nous séparassions les prisonniers et qu'il prît Atkins et deux autres d'entre les plus mauvais pour les envoyer, bras liés, à la caverne où étaient déjà les autres. Ce soin fut remis à Vendredi et aux deux hommes qui avaient été débarqués avec le capitaine.

Je fis conduire les autres à ma tonnelle et, dans la matinée, j'envoyai le capitaine pour entrer en pourparler avec eux ; il leur dit que, bien que le gouverneur leur eût donné quartier actuellement, ils seraient à coup sûr mis au gibet si on les envoyait en Angleterre ; mais que, s'ils voulaient s'associer à une entreprise aussi loyale que celle de recouvrer le vaisseau, il aurait du gouverneur la promesse de leur grâce.

On devine avec quelle hâte une semblable proposition fut acceptée par des hommes dans leur situation. Ils tombèrent aux genoux du capitaine et promirent avec les plus énergiques imprécations qu'ils lui seraient fidèles jusqu'à la dernière goutte de leur sang.

– Bien, reprit le capitaine ; je m'en vais reporter au gouverneur ce que vous m'avez dit et voir ce que je puis faire pour l'amener à donner son consentement.

Il vint donc me rendre compte de l'état d'esprit dans lequel il les avait trouvés et m'affirma qu'il croyait vraiment qu'ils seraient fidèles.

Néanmoins, pour plus de sûreté, je le priai de retourner vers eux, d'en choisir cinq, et de leur dire, pour leur donner à penser qu'on n'avait pas besoin d'hommes, qu'il n'en prenait que cinq pour l'aider, et que les deux autres et les trois qui avaient été envoyés prisonniers au château – ma caverne –, le gouverneur voulait les garder comme otages, pour répondre de la fidélité de ces cinq ; et que, s'ils se montraient perfides dans l'exécution, les cinq otages seraient tout vifs accrochés à un gibet sur le rivage.

Ceci parut sévère et les convainquit que c'était chose sérieuse que le gouverneur. Toutefois, ils ne pouvaient qu'accepter, et ce fut alors autant l'affaire des prisonniers que celle du capitaine d'engager les cinq autres à faire leur devoir.

Voici quel était l'état de nos forces pour l'expédition : 1° le capitaine, son second et le passager ; 2° les deux prisonniers de la première escouade, auxquels, sur les renseignements du capitaine, j'avais donné la liberté et confié des armes ; 3° les deux autres, que j'avais tenus jusqu'alors garrottés dans ma tonnelle et que je venais de relâcher, à la sollicitation du capitaine ;

4° les cinq élargis en dernier: ils étaient donc douze en tout, outre les cinq que nous tenions prisonniers dans la caverne comme otages. Je demandai au capitaine s'il voulait, avec ce monde, risquer l'abordage du navire.

Quant à moi et mon serviteur Vendredi, je ne pensai pas qu'il fût convenable que nous nous éloignassions, ayant derrière nous sept hommes captifs. C'était bien assez de besogne pour nous que de les garder à l'écart et de les fournir de vivres.

Le capitaine n'avait plus d'autre difficulté devant lui que de gréer les deux chaloupes, de reboucher celle défoncée, et de les équiper. Il fit son passager capitaine de l'une avec quatre hommes, et lui-même, son second et cinq matelots montèrent dans l'autre. Ils concertèrent très bien leurs plans, car ils arrivèrent au navire vers le milieu de la nuit. Alors le capitaine et son second, avec leurs armes, se jetant les premiers à bord, assommèrent sur-le-champ à coups de crosse de mousquet le bosseman* et le charpentier; et, fidèlement secondés par leur monde, ils s'assuraient de tous ceux qui étaient sur le pont et le gaillard d'arrière*, et commençaient à fermer les écoutilles pour empêcher de monter ceux qui étaient en bas, quand les gens de l'autre embarcation, abordant par les porte-haubans de misaine*, s'emparèrent du gaillard d'avant* et de l'écoutillon* qui descendait à la cuisine, où trois hommes qui s'y trouvaient furent faits prisonniers.

Le second se précipita dans la chambre du Conseil et déchargea son pistolet à travers la tête du nouveau capitaine. Les balles entrèrent par la bouche, ressortirent derrière l'oreille et le firent taire à jamais. Là-dessus, le reste se rendit, et le navire fut réellement repris sans qu'aucun autre perdît la vie.

Aussitôt que le bâtiment fut ainsi recouvré, le capitaine ordonna de tirer sept coups de canon, signal dont il était convenu avec moi pour me donner avis de son succès.

Après avoir parfaitement entendu le signal, je me couchai ; et je dormis profondément jusqu'à ce que je fusse réveillé en sursaut par un coup de canon.

Je me levai sur-le-champ et j'entendis quelqu'un m'appeler :

– Gouverneur, gouverneur !

Je reconnus de suite la voix du capitaine, et je grimpai sur le haut du rocher où il était monté. Il me reçut dans ses bras et, me montrant du doigt le bâtiment :

– Mon cher ami et libérateur, me dit-il, voilà votre navire ; car il est tout à vous, ainsi que nous et tout ce qui lui appartient.

Je fus d'abord sur le point de m'évanouir de surprise ; car je voyais positivement ma délivrance dans mes mains, toutes choses faciles, et un grand bâtiment prêt à me transporter s'il me plaisait de partir. Pendant quelque temps, je fus incapable de répondre un seul mot ; mais, comme le capitaine m'avait pris dans ses bras, je m'appuyai fortement sur lui, sans quoi je serais tombé par terre.

Cependant, le pauvre homme était dans un aussi grand ravissement que moi, seulement il n'était pas, comme moi, sous le coup de la surprise. Il me disait mille bonnes et tendres choses pour me calmer et rappeler mes sens. Mais il y avait un tel gonflement de joie dans ma poitrine, que mes esprits étaient plongés dans la confusion ; enfin il débonda par des larmes, et peu après je recouvrai la parole.

Quand nous eûmes jasé quelque temps, le capitaine me dit qu'il m'avait apporté tels petits rafraîchissements que pouvait fournir le bâtiment, et que les misérables qui en avaient été si longtemps maîtres n'avaient pas gaspillés. Sur ce, il appela les gens de la pinace* et leur ordonna d'apporter à terre les choses destinées au gouverneur.

Premièrement, il m'avait apporté un coffret à flacons plein d'excellentes eaux cordiales, six grandes bouteilles de vin de Madère, deux livres de très bon tabac, douze grosses pièces de bœuf salé et six pièces de porc, avec un sac de pois et environ cent livres de biscuit.

Il m'apporta aussi une caisse de sucre, une caisse de fleur de farine, un sac plein de citrons, deux bouteilles de jus de limon et une foule d'autres choses. Outre cela, et ce qui m'était mille fois plus utile, il ajouta six chemises toutes neuves, six cravates fort bonnes, deux paires de gants, une paire de souliers, un chapeau, une paire de bas, et un très bon habillement complet qu'il n'avait que très peu porté. En un mot, il m'équipa des pieds à la tête.

Comme on l'imagine, c'était un bien doux et bien agréable présent pour quelqu'un dans ma situation. Mais jamais costume au monde ne fut aussi déplaisant, aussi étrange, aussi incommode que le furent pour moi ces habits les premières fois que je m'en affublai.

Après ces cérémonies, et quand toutes ces bonnes choses furent transportées dans mon petit logement, nous commençâmes à nous consulter sur ce que nous avions à faire de nos prisonniers ; car il était important de considérer si nous pouvions ou non risquer de les prendre avec nous, surtout les deux d'entre eux que nous savions être incorrigibles et intraitables au dernier degré. Le capitaine me dit qu'il les connaissait pour des vauriens tels qu'il n'y avait pas à les dompter, et que, s'il les emmenait, ce ne pourrait être que dans les fers, comme des malfaiteurs, afin de les livrer aux mains de la justice à la première colonie anglaise qu'il atteindrait.

Aussi lui dis-je que, s'il le souhaitait, j'entreprendrais d'amener les deux hommes en question à demander eux-mêmes d'être laissés dans l'île.

– J'en serais aise, répondit-il, de tout mon cœur.

Je commandai donc à Vendredi d'aller à la caverne, d'emmener les cinq prisonniers, garrottés comme ils étaient, à ma tonnelle, et de les y garder jusqu'à ce que je vinsse.

Quelque temps après, je m'y rendis, vêtu de mon nouveau costume, et je fus alors derechef appelé gouverneur. Tous étant réunis, et le capitaine m'accompagnant, je fis amener les prisonniers devant moi.

DÉPART DE L'ÎLE

Je les priai de me dire ce qu'ils avaient à alléguer pour que je ne les fisse pas exécuter comme des pirates pris sur le fait, ainsi qu'ils ne pouvaient douter que ma commission m'y autorisât.

Un d'eux me répondit, au nom de tous, qu'ils n'avaient rien à dire, sinon que, lorsqu'ils s'étaient rendus, le capitaine leur avait promis la vie, et qu'ils imploraient humblement ma miséricorde.

– Je ne sais quelle grâce vous faire, leur repartis-je : moi, j'ai résolu de quitter l'île avec mes hommes, je m'embarque avec le capitaine pour retourner en Angleterre ; et lui, le capitaine, ne peut vous emmener que prisonniers, dans les fers, pour être jugés comme révoltés et comme forbans, ce qui, vous ne l'ignorez pas, vous conduirait droit à la potence. Je n'entrevois rien de meilleur pour vous, à moins que vous n'ayez envie d'achever votre destin en ce lieu. Si cela vous convient, comme il m'est loisible de le quitter, je ne m'y oppose pas ; je me sens même quelque penchant à vous accorder la vie, si vous pensez pouvoir vous accommoder de cette île.

Ils parurent très reconnaissants et me déclarèrent qu'ils préféreraient se risquer à demeurer en ce séjour plutôt que d'être transférés en Angleterre pour être pendus : je tins cela pour dit.

Quand ils eurent tous manifesté leur bonne disposition à rester, je leur dis que je voulais les initier à l'histoire de mon existence en cette île et les mettre à même de rendre la leur agréable.

Conséquemment, je leur fis tout l'historique du lieu et de ma venue en ce lieu. Je leur montrai mes fortifications ; je leur indiquai la manière dont je faisais mon pain, plantais mon blé et préparais mes raisins ; en un mot, je leur enseignai tout ce qui était nécessaire pour leur bien-être.

Je leur laissai mes armes à feu, nommément cinq mousquets et trois fusils de chasse, de plus trois épées et environ un baril de poudre que j'avais de reste ; car, après la première et la deuxième année, j'en usais peu et n'en gaspillais point. Je leur donnai une description de ma manière de gouverner mes chèvres et des instructions pour les traire et les engraisser, et pour faire du beurre et du fromage.

En un mot, je leur mis à jour chaque partie de ma propre histoire et leur donnai l'assurance que j'obtiendrais du capitaine qu'il leur laissât deux barils de poudre à canon en plus et quelques semences de légumes, que moi-même, leur dis-je, je me serais estimé fort heureux d'avoir. Je leur abandonnai aussi le sac de pois que le capitaine m'avait apporté pour ma consommation, et je leur recommandai de les semer, qu'immanquablement ils multiplieraient. Ceci fait, je pris congé d'eux le jour suivant et m'en allai à bord du navire. Nous nous disposâmes immédiatement à mettre à la voile, mais nous n'appareillâmes que de nuit.

Quand je pris congé de l'île, j'emportai à bord, comme reliques, le grand bonnet de peau de chèvre que je m'étais fabriqué, mon parasol et un de mes perroquets. Je n'oubliai pas de prendre l'argent dont autrefois je fis mention, lequel était resté si longtemps inutile qu'il s'était terni et noirci ; à peine aurait-il pu passer pour de l'argent avant d'avoir été quelque peu frotté et manié.

C'est ainsi que j'abandonnai mon île le 19 décembre 1686, selon le calcul du navire, après y être demeuré vingt-huit ans, deux mois et dix-neuf jours. De cette seconde captivité je fus délivré le même jour du mois que je m'étais enfui jadis de chez les Maures de Salé*.

Sur ce navire, au bout d'un long voyage, j'arrivai en Angleterre le 11 juin de l'an 1687, après une absence de trente-cinq années[1].

1. Le départ de l'île ne marque pas la fin des aventures de Robinson et de Vendredi (qui a embarqué avec son maître pour l'Europe). Une suite parut quelques mois après ce premier roman, en 1719 aussi : on y voit Robinson revenir sur son île pour s'enquérir des hommes qu'il y a laissés, puis poursuivre ses voyages jusqu'en Chine et en Russie, perdant en chemin Vendredi, qui succombe lors d'un combat sur mer. (*N.d.É.*)

GLOSSAIRE

AIGUADE : approvisionnement en eau douce.

APLESTER : ouvrir les voiles pour recevoir le vent.

AUNE : ancienne mesure de longueur, l'équivalent d'un mètre, environ.

BLUTER : tamiser.

BOISSEAU : ancienne mesure de capacité, l'équivalent d'un peu plus de dix litres.

BOSSEMAN : sous-officier chargé, notamment, de l'entretien du gréement.

CALENTURE : délire hallucinatoire dû à une insolation que l'on observait parfois chez les marins dans les zones tropicales et qui leur donnait une irrépressible envie de se jeter à la mer.

CENDRÉE : menu plomb de chasse.

COGNÉE : « lourde hache à long manche et à fer étroit, utilisée pour abattre des arbres et couper du gros bois » (*Dictionnaire de l'Académie française*, 9e édition).

DÉSEMPARÉ : (en parlant d'un navire) hors d'état de manœuvrer.

DROSSER : « en parlant des vents ou des courants, pousser un navire hors de sa route » (*Dictionnaire de l'Académie française*, 9e édition).

ÉCOUTILLON : petite ouverture pratiquée dans le pont du navire.

ÉGRUGER : broyer.

ÉLINGUER : accrocher un fardeau avec une sangle (élingue) afin de le soulever, de le charger ou de le décharger.

EMBLAVER : ensemencer.

ENGRAVER : faire échouer sur un banc de sable ou de gravier.

ESPAR : pièce de bois dont on se sert pour remplacer un mât ou une VERGUE en cas de besoin.

ÉTANÇONNER : soutenir, étayer par des pièces de bois.

FASHIONABLE : anglicisme aujourd'hui sorti d'usage, signifiant « élégant ».

FIL D'ARCHAL : fil de laiton.

FOUIR : creuser la terre.

FUTAILLE : « récipient de bois où l'on met du vin ou d'autres liquides ; tonneau, fût » (*Dictionnaire de l'Académie française*, 9e édition).

GAILLARD D'ARRIÈRE : partie surélevée à la poupe d'un navire.

GAILLARD D'AVANT : partie surélevée à la proue d'un navire.

HERMINETTE : « hachette à fer recourbé, dont le tranchant est perpendiculaire au manche » (*Dictionnaire de l'Académie française*, 9e édition).

HOCHE : encoche, entaille.

HUCHE : cabane. Defoe dit « *my old hutch* », littéralement : « ma vieille cabane à lapins ».

HUNE (MÂT DE) : mât situé juste au-dessus de la hune la plus basse (les hunes sont les plates-formes où les matelots se postent pour effectuer les manœuvres en hauteur ou surveiller l'horizon).

HUNIER (PETIT) : voile carrée du mât de misaine.

JUSANT : marée descendante.

MALHEURE (À LA) : en un jour néfaste, funeste.

PASSER OUTRE : continuer son chemin (au propre comme au figuré).

PIÈCES DE HUIT : piastres. La piastre, monnaie d'argent espagnole, servit longtemps de monnaie de référence pour le commerce international.

PINACE (ou PINASSE) : sorte de chaloupe.

PORTE-HAUBANS DE MISAINE : un porte-haubans est une pièce horizontale fixée à l'extérieur de la coque, à laquelle on accroche un hauban, c'est-à-dire un câble servant à maintenir immobile un mât, en l'occurrence le mât de misaine, situé à l'avant du navire.

RASSIS : apaisé, réfléchi.

SALÉ : la zone maritime comprise entre les ports de Salé et de Rabat abrita, entre le XVIIe et le XIXe siècle, une importante activité de piraterie.

TARIÈRE : outil permettant de pratiquer des trous ronds dans le bois ou dans la pierre.

TENDELET : Pièce de toile que l'on tend au-dessus d'une embarcation pour la protéger.

VAISSEAU : récipient.

VEDETTE (SE METTRE EN) : se mettre en sentinelle.

VERGE : le *yard* anglais, qui équivaut environ à 0,9 m.

VERGUE : pièce de bois attachée en travers d'un mât pour maintenir une voile.

VESTIGE : empreinte, trace.

TABLE